スペインから来た悪魔

シャンテル・ショー　作
山本翔子　訳

ハーレクイン・ロマンス
東京・ロンドン・トロント・パリ・ニューヨーク・アムステルダム
ハンブルク・ストックホルム・ミラノ・シドニー・マドリッド・ワルシャワ
ブダペスト・リオデジャネイロ・ルクセンブルク・フリブール・ムンバイ

THE SECRET HE MUST CLAIM

by Chantelle Shaw

Published by Harlequin Japan, a Division of K.K. HarperCollins Japan, 2024

シャンテル・ショー

ロンドン育ちの英国人作家。少女の頃から頭の中でお話を作るのが大好きで、10代の頃にはミルズ＆ブーン社のロマンスを読んでいた。20歳で結婚、第1子の誕生とともにケント州の海辺に移り、現在も在住。浜辺を歩きながら小説のキャラクターを考えるという。趣味はガーデニングや散歩で、チョコレートには目がない。6人の子供の母親でもある。

主要登場人物

エリン・ソーンダーソン……ワイナリーの製造責任者。
ハリー……エリンの息子。
バーバラ・レノックス……ハリーの乳母。
バージニア……エリンの親友。
ジャレク・ソーンダーソン……エリンの兄。
ローナ・ソーンダーソン……エリンの養母。故人。
ラルフ・ソーンダーソン……エリンの養父。故人。
カーステアーズ……ラルフの弁護士。
コルテス・ラモス……実業家。
アランドラ・ルイス……コルテスの元恋人。
サンチャ……コルテスの元恋人。

1

　部屋がぐるぐる回っていた。色鮮やかな光が絶え間なくひらめき、万華鏡のような光景を描き出す。まばたきをしたところで、エリンは自分が客間のシャンデリアを見上げていることに気づいた。クリスタルガラスがダイヤモンドのようにきらめくなんて、いままで知らなかった。

「もう一杯どう？」

　大音量で流れるロックミュージックにも負けない男性の声が響いた。エリンは宙をふわふわ漂いながら、地上にいる自分自身を見下ろしているような気分だった。なんとか相手の顔に焦点を合わせ、たしか宵のうちにナイトクラブで会ったバージニアの友人の一人だったと思い出す。エリンの誕生祝いを続けるためにケンジントンの彼女の住まいに一緒に戻ってきた者たちのうち、半数は彼女の知らない人だった。

　〝今夜は一人で過ごしてはだめよ〟ナイトクラブの閉店時間になると、バージニアが言った。〝お母さんのことを思い出して悲しくなるだけだもの。あなたの家でパーティの続きをするって、みんなに知らせてくるわね〟

エリンは逆らわなかった。一人になれば、半年前の養母の衝撃的な死のことを思い出してしまう。養父のラルフには、スコットランドで友人と一緒に誕生日を過ごすと伝えていた。ところが、濃霧のせいでガトウィック空港までの道路が閉鎖され、フライトはキャンセルになった。エリンがいちばん誕生日を一緒に過ごしたいのは兄のジャレクだが、彼はいまソーンダーソン銀行の仕事で日本にいる。どうしても行かなくてはならないとジャレクは言ったが、エリンは兄に避けられている気がしていた。ジャレクは母親の死に責任を感じているのだ。

「エリン?」

はっとして、彼女は男性のほうに意識を戻した。トム――そう、たしかそう名乗っていた。彼があまりに近くに立っているので、エリンは大胆すぎるローカットのドレスを着たことを後悔した。バージニアに強く勧められて買ってしまったドレスだ。肌もあらわな深紅のシルクとシフォンのドレスは、肩紐(かたひも)が細いせいでブラジャーもつけられない。

トムが彼女の手から空のグラスを取り上げた。「同じものでいいかな?」

「いいえ、もうけっこうよ。少し飲みすぎたみたい」この妙な感覚はきっとアルコールのせいだ。いつもはお酒を飲むと眠くなるのに、今夜は活力に満ち、高揚した気分だ。悲しみにくれて過ごした日々が、ひどく遠くに感じられる。お酒を飲んで憂さを晴らすというのはこういうことなのかもしれない。数時間でいいから、床に倒れて動かない母の姿を忘れたい。

「さっきのカクテルに何を入れたの?」エリンはトムにきいた。「いつものマンハッタンとは違う味がしたわ」

トムが妙な目で彼女を見た。「アンゴスチュラビターズを少し入れすぎたのかもしれないな」そう言って彼女の体に腕をまわす。

彼の熱い息が頬にかかり、エリンは身震いを必死にこらえた。見た目がいいから、トムを魅力的だと思う女性もいるだろう。けれど、エリンは彼に何か不快なものを感じ、次の彼の言葉に思わず身を硬くした。

「どこか二人きりになれるところに行こうよ、ベイビー」

「ええと、やっぱりもう一杯飲みたいわ」急いでエリンは言った。「喉が渇いているの」

嘘ではない。ひどく喉が渇き、なぜか鼓動が異様に速くなっている。トムが人混みをかき分けてサイドボードに向かうのを見届けると、エリンは急いでその場を離れた。

大広間では、ウィルトン・カーペットが巻き上げられ、ダンスが始まっていた。ロックミュージックの音量がさらに上がり、重低音が体に響く。ふいに誰かがエリンの手を取ってダンスに引きこんだ。たたきつけるように襲ってくるリズムに抵抗できず、エリンは長い髪を背中に払うと、一心不乱に踊りだした。胸のなかに笑いがこみ上げる。久しぶりに味わう感覚はとても心地よかった。

この半年、エリンは兄の深酒を止めたくて、何度もナイトクラブについていった。そして、パパラッチの注意を兄からそらす最善の方法は、自分が彼らの注目を集めることだと気づいた。そこでエリンはどんちゃん騒ぎに身を投じ、兄よりも先にクラブを出てカメラマンを引きつけることにした。

タブロイド紙はエリンに〃セクシー娘〃というあだ名をつけ、〃甘やかされたお嬢ちゃん〃と呼んだ。ソーンダーソン卿(きょう)と彼の亡き妻の顔に泥を塗った、と手厳しく非難されたこともある。

慈愛に満ちた夫妻への恩返しとしては、なんともひどいやり方だ！　エリンが四歳のとき、夫妻は戦争で荒廃したボスニアの養護施設から彼女と兄を引き取り、養子にし、恵まれた生活をさせたのに。

タブロイド紙が何を書こうが、エリンは気にしなかった。ジャレクの名前が表に出て、これ以上ラルフの不興を買うことさえなければ、ほかのことはどうでもいい。

だが、いまの彼女は楽しいふりをしているわけではなかった。今夜のエリンは自信に満ちあふれ、あらゆる心配事から解き放たれた気分だった。これがお酒を飲みすぎたせいだとしても、それが何？　今日はわたしの二十五回目の誕生日。誕生日くらい、好きなことをしてもいいはずよ。

エリンは踊り続け、笑い続けた。動きを止めれば、心痛と悲しみに満ちた暗い場所へ引き戻されそうな気がした。

ダンスのパートナーには事欠かない。今夜のエリンは、セクシーな深紅のドレスに身を包んだ魅惑の美女だ。

十二時になると、バージニアが蝋燭をともしたケーキを持ってきた。

「願い事をするのを忘れないで、エリン」

一息ですべての蝋燭を消せれば、誕生日の願い事がかなうと言われている。でも、どんな願い事も養母をこの世に連れ戻してはくれない。エリンはパーティの客を見まわした。子供のころからの友人もいる。知らない顔は、交友関係の広いバージニアの友人だろう。みんなが待っていたが、エリンは何を願えばいいのかわからなかった。

そのとき、彼の姿が目に入った。

その男性は、みんなから少し離れて立っていた。ローンウルフ――そんな言葉がエリンの脳裏に浮かんだ。彼は危険な男性だという気がした。エリンは彼を見つめた。すると、時が止まった。音楽もざわめきも消えていき、彼以外のすべてが消え去った。

これまで見たこともないほどすてきな男性だ。ここにいる誰よりも背が高く、整った顔だちをしている。どことなく愁いを帯びた雰囲気が、『嵐が丘』のヒースクリフを連想させた。エリンはいままで彼の存在に気づかずにいたことに驚きながらも、彼の男性的な魅力に引きつけられて理性的な思考ができなくなった。

黒のジーンズと、たくましい胸をぴったり覆う繊細なニットの黒いセーター。その上に着ている茶色のレザージャケットは何箇所か擦り切れていて、彼が他人の視線など気にせずに生きているという印象をさらに強めた。豊かな黒い髪は、指でかき上げる癖があるのか、乱れている。顎と上唇の上に伸びた無精ひげが、男性的な魅力をいっそう際立たせていた。

エリンの下腹部に、何か本能的な塊が生まれた。これが欲望というものなのかしら。血管のなかを熱いものが流れ、胸が苦しくなり、脚のつけ根がうずく。いつも友人たちの恋愛談を聞きながら、何も話すことのない自分はどこかおかしいのかと思っていたが、そうではなかったらしい。

〝あなたは同性愛者じゃないかしら。自分で

も まだ気づいていないだけで〟まだ男性経験がないと告白したエリンに、バージニアは言った。

〝わたしは、相手が誰であれ、セックスに興味が持てないの。何人かつき合ってみたけれど、先に進みたいと思わなかった〟

心理学者なら、戦時下の養護施設で過ごした幼少期の体験がトラウマになっていると指摘するかもしれない。さもなければ、ボーイフレンドの一人が言ったように不感症なのだろう。エリンはそう思っていた。

だが、バージニアはエリンの言い分を認めようとしなかった。〝あなたはまだ運命の人と出会っていないだけ。いつかきっと、ぴんと来る人が現れるわ〟

いまが、そのときなの？　現代のヒースクリフをじっと見つめているうちに、エリンは自分のなかで光と熱とエネルギーが爆発するのを感じた。ふいに願い事が決まり、彼女はケーキの蝋燭を吹き消した。

音楽のボリュームが再び上がり、みんなが散っていく。気づくと、彼がじっとエリンを見つめていた。マントルピースに寄りかかり、くつろいでいるように見せているが、じっと動かないその姿は、獲物に襲いかかろうとしている野獣を思わせた。エリンが近づいても、彼は視線をそらさなかった。そしてエリンも、まるで彼に心を支配されたかのように、視線を外すことができなかった。

　エリンは彼の前で足を止めた。目は黒く、金色の斑点がある。ほほ笑みかけると、彼はかすかに眉根を寄せた。

「誕生日のお祝いを言ってくれてもいいんじゃない?」媚(こび)を含んだその声は、自分のものとは思えなかった。けれど、今夜のエリンは何もかもいつもと違っていた。体内に燃える熱い炎が、彼女自身にもよくわからない何かへの強い憧れをかきたてる。

　男性の黒い目がきらりと光ったが、口元は引き締まったままだった。「誕生日おめでとう、ブロンディ」

「わたしはそんな名前じゃないわ」エリンは、タブロイド紙につけられたあだ名が大嫌いだった。ブロンディ――小柄で金髪で、しかも頭が空っぽという意味だ。「エリンよ」

「知っている」

　エリンは首をかしげて彼を見つめた。控えめな照明が、シャープな彼の顔に影を落とし、その硬質な美しさを強調している。エリンは彫刻のように完璧な顎に触れたくてたまらなかった。そして、彼の唇……。その官能的な唇の感触を想像すると、エリンの心臓は早鐘を打った。下腹部の奥がさらにこわばり、全神経の末端がどうしようもなく敏感になっていく。

「なぜ知っているの?」これまで一度も会っ

たことがないのは確かだ。もし会っていれば、絶対に覚えている。

ほんの一瞬、彼はためらったように見えた。しかし、すぐに肩をすくめて答えた。「きみの誕生パーティに来たんだから、当然名前は知っている。エリン・ソーンダーソンのことを知らない人間はそう多くはないはずだ。ナイトクラブから出てくるきみの写真が、イギリス中の新聞にしょっちゅう載っている」

彼の皮肉な口調になぜか傷ついた気分になり、エリンはメディアの注目を兄からそらすためにわざとやっているのだと弁明したくなった。でも、それはジャレクへの裏切りだ。たとえ、これまで出会ったなかで最高の男性が相手でも。彼はじっとエリンを見つめていた。金色の斑点のあるその目が熱く燃え、エリンの体を焦がしていく。

彼はわたしを求めている——そうと気づくや、高揚していたエリンの全神経が震え始めた。彼もわたしと同じように、二人のあいだの空気を震わせるエネルギーをコントロールできずにいるのだ。明らかに彼は、遊び好きの女というわたしに貼られたレッテルを信じている。それなら、一晩くらいそれに見合う行動をとっても、許されるはずだ。

そんな無鉄砲な考えは自分らしくないと、エリンは心のどこかでわかっていた。知りもしない男性の情熱的なキスを欲しいと思うなんてありえない。こんな人を求めるなんてありえない。けれど、エリンは彼を求めていた。

「まず自己紹介をするのが礼儀じゃない？」

彼の唇がぴくりと動いた。ほほ笑みと呼べるほどのものではないが、エリンの全身を熱くするには充分だった。

「ぼくは礼儀とは無縁の男なんだ」陰のある低い声で彼は答えた。かすかに地中海地域の生まれらしい訛りがある。また少しためらったあとで、彼は言った。「コルテスだ」

「スペインの生まれ？」濃いブロンズ色の肌と真っ黒な髪が、熱い日差しの下で長く過ごしてきたことを教えている。コル、テス……。心のなかでエリンはその名前を繰り返した。彼が発音したのと同じように二つ目の音節にアクセントを置いて。十六世紀にアステカとインカを征服したスペイン人を思い出させる名だ。その征服者は残虐さでつとに知られている。きっと、この男性はその征服者の血を引いているに違いない。

「半分だけスペイン人だ」彼はまたも少し間をあけて答えた。別のことを言おうとして考え直したかのように。

エリンはわざとゆっくり彼の胸から、引き締まった下腹部、そして黒いジーンズに包まれた腰へと視線を走らせた。「あとの半分はどこの国？」

彼は少し驚いたような顔をしたあとで笑い

だした。蜂蜜のように温かく、色で言うなら、黄金色の笑い声。

「意地悪な人だ」コルテスは言った。目のなかの金色の斑点がきらめき、硬質な顔を残忍にも見える表情がよぎる。「そして、この上なく美しい」

彼は手を伸ばし、エリンの淡いブロンドの髪を一房、指に巻きつけた。とたんに、エリンの心臓は狂ったように打ちだし、息が喉につかえた。そのかすかな音を聞き取ったのか、彼の全身に緊張が走るのがわかった。まさに獲物を狙う野生動物だ。彼の体は危険な香りを発散している。早く逃げなくては。けれど、頭のなかに響くその警告は、今夜エリンをとらえて離さない無鉄砲さによって、あっさり無視された。

部屋を揺るがす重低音の官能的なリズムが、エリンの血を騒がせる。「踊りましょう。いやとは言わせない。今日はわたしの誕生日だもの、なんでも願いがかなえられるはずよ」

今回、コルテスは笑わなかった。その声から甘やかさが消え、金属で砂利をこするような耳障りな響きを帯びた。「きみは何が欲しいんだ、エリン？」

「あなたよ」自分のものではないようなかすれた声が答える。エリンはまたも魂が体からさまよいだしたような感覚に襲われた。何もかもが現実離れしている。そう、きっとこれは夢よ。でも、いつも見る養母の死にまつわる悪夢よりはずっといい。

コルテスが何かつぶやいた。そして葛藤するような表情を見せて肩をすくめたかと思うと、両手でエリンの腰を引き寄せた。「お望みのままに」

エリンの体に雷に打たれたかのような衝撃が走った。音楽に合わせて体が揺れて腿と腿が触れ合い、体内の血がたぎっていく。コルテスのダンスはとてつもなく官能的だった。彼はエリンの腰のくびれに手を添えてますます強く引き寄せた。

強靭（きょうじん）な体に全身を押しつけられ、エリンの理性が溶けていく。すてきなにおいがした。刺激的なコロンの香りと、乾いた体が発する独特のにおいが混じり合っている。エリンは彼の首筋に顔を押し当ててそのにおいを吸いこみ、ブロンズ色の肌を舌の先で味わってみたくなった。両手を彼の胸にあてがうと、彼の鼓動がどんどん速くなっていくのがわかった。驚いて彼の顔を見たとたん、エリンの体を震えが走った。彼の目に、むき出しの欲望が宿っていたのだ。

こんな感覚は初めてだった。これほど衝動的に行動したのも初めてだ。もはやエリンの自制心は制御がきかなくなっていた。生きているという感覚が半年ぶりによみがえる。

生は、ほんの一瞬で奪い去られることもあ

る。たった一発の銃弾によって。

その生をエリンはいま、両手に抱きしめたかった。そして、この危険なほどすてきな男性にもっと近づきたかった。だから、両手を彼の肩にかけ、とがった胸の先を彼の胸板に押しつけた。すると、彼はスペイン語で何かつぶやきながら、片手をエリンの髪のなかに差し入れ、彼女の顔を引き寄せた。二人の唇が重なる寸前で、彼の動きが止まる。エリンは低いうめき声をもらし、彼とのわずかな隙間を埋めようと、自ら唇を押しつけた。

世界が爆発し、真っ赤な炎と熱に包まれる。コルテスはほんの一瞬ためらった。だが、すぐさま情熱に任せてキスの主導権を奪った。征服者のごとき荒々しさで彼女の唇を蹂躙(じゅうりん)する。エリンにとってこれほど熱く激しいキスは初めての経験だった。

間をおかずに、コルテスは片手でエリンの顎を持ち上げ、唇に舌を割りこませた。どんどん濃厚になっていくキスに、全身が歓喜に震え、エリンはこのキスがいつまでも続くことを願った。

やがてコルテスの唇が離れ、二人は荒い息をついた。彼がうめくように言う。

「こんなことをしてはいけないんだ。きみに話さなくてはならないことが……」激しく踊るカップルが二人にぶつかり、コルテスの言葉が途切れた。「危ない！」両腕に力を込め、よろめいた彼女を支える。

　彼のとっさの行動は、エリンの心をますますとろけさせた。

「どこか静かに話のできる場所はないか？」

コルテスの肩越しに、大広間に入ってくるトムの姿が見えた。彼に見つからないよう、エリンは別のドアから裏手の狭い廊下に出た。かつて使用人が使っていた廊下で、その先には階段がある。そこにも座りこんで飲み騒ぐ者たちがいたので、彼女は三階にある自室に向かった。

「ここなら誰にも邪魔されないわ」ドアを閉めるなり、エリンは言った。そこは静かで、階下から低いベース音がわずかに響いてくるだけだった。見知らぬ人を寝室に入れるなんてとんでもないことだと自覚していた。でも、彼はまったく知らない人間というわけじゃない、とエリンは自分に言い訳した。名前も聞いたし、おそらくバージニアの友人だ。さもなければ、ここに来るはずがない。

　とはいえ、頭の片隅で、今夜の自分の行動がいささか常軌を逸していることも自覚していた。エリンはなぜか、テーマパークの巨大な遊具にでも乗っているような高揚感に包まれていた。そして、その高揚感にずっと浸っていたかった。じっとコルテスを見つめ、なんてすてきなの、と胸の内でつぶやく。バージニアがわたしに紹介しなかったのも無理はない。でも、彼はわたしにキスをした……。

鏡に映るエリンの唇は、キスのせいで少し腫れていた。セクシーな深紅のドレスを身につけ、髪を乱し、唇を赤く腫らした魅惑的な女性が、自分だなんて信じられない。エリンがコルテスに視線を戻し、舌先で唇を舐めると、彼の目が細くなった。

「話したいことがあると言ったでしょう。まさか、あなたは結婚しているとでも？」

「ありえない。結婚していれば、きみにキスなどするものか」

「なぜキスをしたの？」

「なぜだと思う？」

「わからない。もう一度キスをしてくれれば、何かわかるかも」今度もまた、自分のものとは思えないほど媚を含んだ浮ついた声で、エリンは言った。本当はただ彼にキスをしてほしかっただけ。いえ、キス以上の……。エリンの目が大きなダブルベッドに向けられた。いつもは一人で眠るベッド。彼女の視線を追ったコルテスが何事かつぶやいた。

「抵抗するには、あまりにも魅力的だ」

あたかも非難するように言いながらコルテスが近づいてくると、寝室がひどく狭苦しく感じられ、エリンは彼から視線を離せなかった。コルテスの目の金色の輝きが、誕生日の願い事をかなえてやると約束している。

「抵抗するつもりなの？」エリンがきいたと

き、彼の大きな手が頬に触れた。その手のごつごつした感触に、ふと彼女は彼の仕事は何かしらと考えた。

「無理だな」彼はうめくように言い、エリンを抱き寄せた。熱く、力強く、うっとりするほど男性的な胸のなかに。彼のキスはエリンの魂まで奪った。「これがきみの望みか？」彼は顔を上げ、エリンの頭のなかを読み取ろうとするかのように彼女の目を見つめた。

「きく必要があって？」そう答えたのは、エリンの体を支配する勇敢な女の声だった。そして、その勇敢な女が両腕をコルテスの首に巻きつけ、彼の唇を引き寄せた。深紅のドレスをまとったその女が誘惑の言葉をささやく。すると、コルテスは彼女を抱き上げてベッドに横たえ、すぐさま覆いかぶさった。

彼の体の重みでエリンは動けなくなった。筋肉質の体は彼女の柔らかな体とはまったく異質だった。熱烈なキスに、エリンは喜んで応えた。彼が与えてくれるすべてが欲しい。コルテスの唇が首筋へと動きだすや、エリンは渇望感に苛まれた。

いまや服は障害物にすぎなかった。エリンが彼のジャケットを脱がせ、コルテスが彼女のドレスの肩紐を下ろす。続いて布地の裂ける音が聞こえ、むき出しになったエリンの肩に冷たい空気が触れた。

彼の唇が胸の先をとらえた瞬間、エリンの

口からうめき声がもれた。強く吸われて激しい快感が生じ、炎となって胸から脚のつけ根へと向かっていく。「お願い……」

　コルテスの手がスカートのなかに入りこんでくると、エリンは本能的に腰を浮かせ、腿の内側の敏感な肌を彼の愛撫にゆだねた。彼がエリンの下着を引き下ろし、触れてほしくてたまらなかった部分に触れる。そして熱く潤った場所を軽く撫でてから、一本、二本と指を入れ、巧みな動きで刺激する。たちまちエリンは絶頂へと近づき、全身が震え始めた。

「ああ、早く……」エリンの唇からあえぎ声がもれた。これほど性急で激しい欲望を覚えたのは生まれて初めてだった。

「わかっている」

　コルテスの声は目地の荒いベルベットのようだった。彼は再びエリンの唇に貪るようなキスをしながら、自らセーターを脱いだ。ジーンズのファスナーを下ろそうとエリンが彼の胸から下腹部へと手を滑らせると、なめらかな肌を覆う胸毛が彼女の手のひらをちくちく刺した。

　世界が鮮やかな色と熱を持ち、狂気じみた欲望がふくれあがっていく。コルテスが全裸になると、その欲望のしるしを目にしてエリンは息をのんだ。あまりにも美しく、あまりにも猛々しい。そのとき、彼の指が巧みに動いてついにエリンを絶頂に導き、彼女は悲鳴にも似た声をあげた。

「避妊具がない」

　彼のかすれた声がエリンのぼんやりとした意識に入りこみ、彼の体が離れていくのがわかった。ここでやめてほしくない。エリンは必死に彼の肩にしがみつき、大学一年生のときに無料で配られていた避妊具があることを思い出した。これを使う日が本当に来るかしらと疑いつつも、ベッドのサイドテーブルの引き出しにしまってあったはずだ。

「いちばん上の引き出しよ」

　またたく間にコルテスは避妊具を見つけて装着すると、エリンの脚を開かせ、いっきに彼女のなかに入りこんだ。エリンは思わず息をのんだが、かすかな違和感はすぐに消えた。鋼鉄のように硬いもので満たされている感覚はあまりにもすばらしく、エリンはもっと深く彼を迎え入れようと腰を突き上げた。

　最初の激しい絶頂感がさらにエリンを貪欲にし、彼女はもっと強い快感を求めて彼の肩に爪を食いこませた。たくましい体が繰り返し彼女を貫き、至福の境地へと運んでいく。やがて世界が爆発し、彼のうめき声と共に二人は同時にのぼりつめた。

　エリンは身じろぎをした。まぶたを開ける前から陽光が目に突き刺さるような感覚があった。ゆっくり目を開けると、顔に日差しが落ちていた。頭がぼうっとし、ここがケンジントンの屋敷の自室だとわかるまでに少し時間を要した。上掛けをはぐと、ドレスを着たままだった。上半分はウエストまではだけられて胸があらわになり、下着もつけていない。

いったいどういうこと？　ぼんやりした記憶の断片が頭のなかで渦を巻く。パーティ、耳をつんざくような音楽、蝋燭をともしたケーキ。いろいろな男性と踊った。そのなかでも記憶に残る男性が一人。黒い髪と金色の斑点のある目をした最高にハンサムな男性。コルテスと名乗っていた。

はっとして上半身を起こすと、部屋がぐるぐる回った。吐き気がしたが、二日酔いのせいではなかった。昨夜の記憶はところどころ抜け落ちていたが、一部はぞっとするほど鮮明に残っていた。コルテスと踊り、キスをした。そして彼をこの部屋にいざなったことを思い出し、頬がかっと熱くなった。

ほかには何をしたの？

床に落ちている下着を見つけたとき、エリンは恥辱の波に襲われた。わたしは生まれて初めて男性と一夜を過ごしたのだ――それも初対面の男性と。そして、正午近くに一人きりで目を覚ました。それはつまり、コルテスがずっと前に出ていったことを意味する。

「エリン、いるの？」

ドアのほうからバージニアの声が聞こえた。

「ちょっと待って」エリンはドレスの上にガウンを着て、恥辱の一夜の証拠を隠した。バージニアは親友だが、昨夜の衝動的な行動は知られたくない。できれば穴のなかにでも閉じこもってしまいたい気分だったが、なんとか笑みを浮かべてドアを開けた。

「一人なの?」バージニアが驚いたように言った。「すてきな男性とパーティを抜け出していったから、一緒に夜を過ごしたものと思っていたのに。彼は誰なの?」

「コルテスと言っていたわ。姓はきかなかった。あなたの友達だと思って。あなたが彼をパーティに招いたんじゃないの?」

「ゆうべ初めて見た人よ」バージニアは顔をしかめた。「なんだか妙な話ね。彼を知ってる人は一人もいなかったわ」

だが、親友はコルテスの素性の謎を、エリンが羨ましくなるほどあっさり切り捨てた。

「それより、昨夜は大変な騒ぎだったのよ。トム・ウィルソンが、リーサの飲み物にドラッグを入れた疑いで逮捕されたの。リーサは、トムの作ったカクテルを飲んだあとすごく妙な気分になったんだけど、お酒のせいだと思っていたのね。しばらくしてトムはリーサをどこかに連れ出そうとしたんだけれど、彼がカクテルに何か入れるのを見ていた人たちがリーサに警告したの。それで、警官が呼ばれ、リーサのグラスの底に残っていたものを調べたら、レイプ目的の男がよく使うドラッグが検出されたわけ」

頭のなかで何かがかちっと音をたて、エリンはベッドに座りこんだ。「そのドラッグをのむと、どんなふうになるの？」

「リーサの話では、ふらふらしてすごく非現実的な気分になるんですって。まさか……」

エリンの顔から血の気が引くのを見て、バージニアの声がこわばった。「あなたも？」

「トムが作ってくれたカクテルを飲んだあと、妙な気分になったの。でも、リーサと同じで、お酒のせいだと思った」

「警察に知らせたほうがいい。レイプ目的で使われるドラッグのなかには意識障害や記憶障害を起こすものもあるそうよ。知らないうちにドラッグをのまされたとしたら、あなたが昼まで眠っていた理由も説明がつくわ」

あのカクテルにドラッグが入っていたのなら、昨夜のわたしらしくない突飛な行動も説明がつく……。とはいえ、それはなんの慰めにもならない。わたしがドラッグを盛られていたことを、コルテスは知らなかったはずだ。でも、マスコミのつけたあだ名は知っていたから、彼はわたしがしょっちゅう男性とベッドを共にしていると思いこんでいたに違いない。

セックスのあと彼がエリンを起こさずに部屋を出ていったという事実が、彼女をまるで売春婦になったような気分にさせていた。

バージニアが出ていくやいなや、エリンは恥辱の象徴のような深紅のドレスを脱いでごみ箱に押しこんだ。全身が汚された気分だ。どんなに熱いシャワーを浴び、石鹸(せっけん)でごしごし体をこすっても、自己嫌悪も、コルテスが肌に残した痕跡も消えなかった。

寝室に戻ると、エリンは鏡の前に立ち、体に巻いていたタオルを外した。

自分が犯した罪の証拠がくっきりと体に刻まれていた。コルテスのざらざらした顎にこすられた胸がところどころ赤くなっている。脚のつけ根には目に見える証拠はなかったが、鈍い痛みが行きずりの男性との衝動的なセックスで純潔を失ったことを教えていた。

エリンはほてった頬に両手を添えて、本当に記憶喪失になればいいのにと願った。けれど、自分の軽薄な行動の記憶は痛いほどはっきり脳裏に焼きついていた。

コルテスにセックスを強要されたわけではなかった。飲み物にドラッグが入れられていたとわかっても、エリンの気持ちは少しも楽にならなかった。昨夜はまるで娼婦(しょうふ)のように振る舞ったのだから。唯一の救いは、彼女の自尊心と純潔を同時に奪ったスペイン人に、もう二度と会わずにすむだろうということだった。

2

一年後。

教会に吹きこんだ一陣の冷たい風と、古いオーク材のドアの蝶番がきしむ音が、ラルフ・ソーンダーソンの葬儀に遅れて参列した者がいることを告げた。兄と並んで最前列に座っていたエリンは、足首に冷たい隙間風がまつわりつくのを感じ、ブーツを履いてくればよかったと悔やんだ。けれど、十二センチのヒールのあるエナメルの靴のほうが、一九五〇年代ふうのコートとベールつきのピルボックス型の帽子には合っている。帽子店のスタッフに、それをかぶるとグレース・ケリーのようだと言われた帽子だ。四歳のときからすでにエリンは、外見がすべてと学んでいた。

教会の石の床に靴音が響き、エリンは完璧なアーチを描く眉をかすかにしかめた。ジャレクと並んで養父の棺のあとから教会に入ったときは、もうすべての席が埋まっていた。リトルバードリーの村人全員が、大地主との最後の別れを惜しんでいるらしい。エリンはあとで参列の礼を言おうと、見知った顔を心にとどめておいた。

それにしても、こんなに遅れてやってきた

のはいったい誰だろう? なぜか背筋がぞくぞくし、牧師の追悼の言葉に意識を集中しようとしても、エリンはわけのわからない不安を消すことができなかった。全員が起立して賛美歌を歌いだした際、エリンはそっと振り返った。そして礼拝堂の後ろに立つ男性を見たとたん、心臓が跳ねた。

コルテス!

そんなはずはない。エリンは震える息を吸いこんだ。脳が勝手に残酷な幻を描き出しているだけよ。コルテスという名前しか知らない男性に身を任せた運命の誕生日から、もう一年以上が過ぎている。彼がわたしの養父の葬儀に姿を現すなんてありえない。

エリンはさっと前を向き、賛美歌の本に視線を落とした。その本を持つ手は、どうしようもなく震えていた。ジャレクがエリンの肘のあたりを支えるように手を添える。

「倒れないでくれよ」兄がささやく。「教会の外で待ち構えるマスコミ連中が、大喜びで写真を撮るだろう。気を失って運ばれるのは今週二度目だ。当然タブロイド紙は、愛する父親の葬儀におまえが酒かドラッグをやっていたと書きたてる」

「わたしがどちらもやっていないことは兄さんがよく知っているでしょう」エリンは低い声で言い返した。「二日前のパーティで気を失ったのは、お店のなかがとても暑くて人が多すぎたからだって言ったじゃない」

「いや、おまえはまだハリーを産んだときの後遺症から回復していないんだ。出産後に大量の出血をしてから、まだ三カ月しかたっていない」兄の声は沈んでいた。「まだロンドンの騒々しい社交生活に戻るのは早すぎると忠告しただろう」

兄の声ににじむ非難の響きに、エリンは傷ついた。一年前ロンドンのクラブに出入りするようになったのは、ジャレクをタブロイド紙から守るためだったのに。けれど、少なくとも、ラルフが兄に対して怒り狂うのではないかと心配する必要はもうない。二人の養父は一週間前に亡くなった。脳腫瘍と診断されてから、わずか一カ月後のことだった。

ソーンダーソン銀行の頭取の座はジャレクが引き継ぐことになる。理事たちの多くは、リスクの大きい投機的な仕事に入れこむ傾向があるジャレクの手腕に不安に抱いていたが、ラルフ・ソーンダーソンの息子に反旗を翻す者は一人もいなかった。

エリンはうつむいて司祭の祈りの言葉を聞いていたが、頭のなかはさっき見た男性のことでいっぱいだった。ちらっと見ただけだし、コルテスのわけがない、と彼女は自分に言い聞かせた。彼はエリンの名前もロンドンでの住まいも知っていたのに、この一年間一度も連絡してこなかった。彼の姓さえ知らないエリンは、ハリーのことを彼に知らせることもできなかった。

　エリンがカックメア館を出るとき、ハリーは乳母に見守られて子供部屋で眠っていた。見知らぬ者同士がつかの間の欲望に駆られた結果生まれた子供であることを、ハリー自身は知る由もない。だが、いずれ成長し、父親のことを尋ねるだろう。そのときエリンは父親は死んだと答えるつもりだった。生まれもしないうちに父親に捨てられたという事実を教えるよりは、罪のない嘘をつくほうがまだましだ。

　エリンと兄は幼い時分に両親を亡くした。ジャレクは六歳だったので、両親についておぼろげな記憶はあるらしい。だが、エリンのいちばん古い記憶は、ベビーベッドの柵越しにあたりを眺めていたことだ。ジャレクによると、その養護施設では、赤ん坊はずっとベッドに寝かされたままだったという。エリンは二歳の誕生日を過ぎるまで歩くこともできなかった。兄が彼女の部屋に忍びこんで手を握って支えてくれたおかげで、やっと最初の一歩を踏み出すことができたのだ。

　ハリーは恥辱の一夜の末にできた子供だが、父親の不在の埋め合わせをするために、エリンは息子を普通の母親の二倍愛そうと決意していた。

　葬儀が終わり、エリンはジャレクと共にラ

ルフの棺のあとから出口へと向かった。会葬者の顔を一人ずつ見ていったが、コルテスに似た顔は見当たらない。やっぱり思い過ごしだったのよ、と自分に言い聞かせたものの、落ち着かない思いが消えることはなかった。

会葬者の列は墓地に向かい、ローナ・ソーンダーソンの墓石の隣に掘られた穴の周囲に集まった。養母の死から一年半がたつが、エリンの胸にはまだ深い喪失感が残ったままだった。人前では泣かないと決め、エリンは視線を墓地の向こうに走らせた。すると、イチイの古木の陰に半ば隠れている長身の人影が目に入り、心臓が跳ねた。遠いので顔ははっきりしないが、尊大な雰囲気と肩幅の広さがコルテスに似ている気がする。

まばたきをして涙を払い、よく見ようとしたときには、男性の姿は消えていた。何かに驚いたように、いっせいに烏(からす)が飛び立つ。幻覚だったのだろうか？ エリンは最後の祈りを唱える司祭の声になんとか意識を向けた。そして、祈りが終わると、養父の棺の上に白い薔薇(ばら)を一本落とした。

「幽霊でも見たような顔だな」カックメア館に戻ると、兄が言った。「あの人の幽霊が出るなら、おまえじゃなくてぼくのところだろう。少なくともおまえには多少の愛情を持っていたからな。ラルフは小さなかわいい女の子を養子にしたかったんだ。いろいろ問題を抱えた十歳の男の子は、さほど欲しくはなかった」

ジャレクは屋敷のなかに入り、玄関ホールで待っていた執事からシェリー酒のグラスを受け取った。

「ラルフはわたしたち二人をかわいがってくれたわ」エリンは小さな声で言った。嘘じゃない、と心のなかで言い添える。養父に対しては、養母ほどの強い絆(きずな)を感じたことはなかったが、彼女の知るただ一人の父親としてずっと好意を抱いていた。だが、ジャレクはイギリスでの新しい暮らしにも、ラルフの高圧的な態度にもなかなか慣れることができなかった。

「ぼくたちは彼の社会実験に利用されたんだ。最下層の子供を二人引き取って、上流階級になじむように育てられるかどうかという実験に」ジャレクは嘲笑を浮かべた。「おまえに関しては成功したようだな」

「そんなことないわ。ラルフは兄さんを高く評価していたし、金融に関する能力を認めていた。だから、兄さんをソーンダーソン銀行の頭取に指名したのよ」

エリンは帽子とコートを脱ぎ、黒い細身のドレスのしわを撫(な)でつけた。執事の差し出したシェリー酒は辞退する。「ベインズ、車寄せに車が一台止まっていたけれど、弁護士が来ているの?」エリンは子供部屋に行って五分でいいからハリーと過ごしたかったが、どうやらラルフの遺言書の正式な開示が終わるまで待たなくてはならないらしい。

「ミスター・カーステアーズと秘書が十分ほど前にお着きになりましたので、図書室でお待ちいただいております」

「アストン・マーチンに乗っているところを見ると、カーステアーズの仕事はずいぶん順調らしいな」ジャレクが言った。「ラルフの家族はぼくたち二人しかいないから、遺言書も簡単なはずだし、開示にもそう手間はかからないだろう」彼は腕時計を見た。「午後からレースに行くよ」

それを聞いて、エレンは兄の後ろを歩きながら言った。「もうモーターバイクのレースに出るのはやめて。危険すぎるもの」

「どんな物事にも危険はつきまとう」ジャレクの顎が引きつった。「まさか宝石店に行った母さんが命を落とすなんて、誰が予想していた?」

図書室に着いたので、エリンは返事をせずにすんだ。ピーター・カーステアーズがさっと立ち上がった。「エリン、ジャレク、今日はさぞつらかったでしょう。できるだけ短時間で終わらせるつもりです」

「ありがとう」エリンは不思議に思った。いつもは気さくな弁護士が妙に緊張しているように見える。「何か飲み物はいかが？」

「いえ、けっこうです。さっそく本題に入りましょう」カーステアーズがデスクの後ろの椅子に座り、エリンとジャレクはソファに座った。そのときふと彼女は、ベインズが言っていた秘書はどこへ行ったのだろうと思った。だが、彼女がその疑問を口にする前に、カーステアーズが遺言書を読み始めた。

まず使用人たちへのささやかな遺贈がいくつか読みあげられた。「次に、ソーンダーソン家のワイナリーは……」弁護士は咳払いした。「葡萄園とワイナリーの所有権の五十パーセントは、養女のエリン・ドヴォールスカ・ソーンダーソンのものとする」

エリンは驚きを覚えた。ワイナリーは全部自分に残してくれると思っていたのだ。この一年半、彼女は生産責任者としてワイナリーで働き、世界に通用するイギリス産のスパークリングワインを造るというローナ・ソーンダーソンの夢を実現させようと努力してきた。ジャレクはワイナリーにはなんの興味も示さなかったが、ラルフは自分の跡継ぎがもっとワイン造りに興味を示すようになるよう願っていたのかもしれない。

エリンは図書室のドアが静かに開け閉めされる音に気づいたが、弁護士の声に気を取られていて、そちらには目を向けなかった。弁護士がまた落ち着かない様子で咳払いをした。

「この遺贈には付帯条件があります。エリン、あなたがこれから一年以内に結婚し、息子に父親を与えるまでは遺産を受け取る権利はありません。条件を満たす気がなければ、あなたへの遺贈分は主たる相続人のものとなります」

あまりのショックに、エリンは言葉を失った。シングルマザーとなることに養父が不満を抱いていたのはわかっている。だが、いったんハリーが生まれてしまうと、養父も喜んでいるように見えたのだ。「ラルフが本気でそんな条件をつけるなんて信じられない」やっとの思いで彼女は震える声で言った。「それに、裁判に訴えれば、そんなばかげた条件を判事が認めるとは思えない」

「遺言する者には、その人が適切だと思う条件をつける権利があります。裁判に訴えても無駄でしょう」

兄がエリンの手をぎゅっと握った。「ラルフはちょっとした駆け引きが好きだった。彼は墓のなかでも支配力を行使しようとしているんだ。心配しなくていい。おまえが一年以内に結婚しなければ、おまえの遺贈分はぼくのものになる。そうしたらぼくはワイナリーの所有権のすべてをおまえに譲る。ぼくは葡萄畑には興味がないからね」ジャレクは弁護士に視線を向けた。「続けてくれ。今日はほかにも用事がある」

ミスター・カーステアーズは三たび咳払いをした。「あと二項目だけです」彼は遺言書の朗読を続けた。「二つの別荘、ローズコテージとアイビーコテージは養子のジャレクとエリンのものとする。そこで暮らすなり売るなり、好きなようにしていい」

なんだか奇妙な遺言だ。エリンの不安が大きくなった。意味をなさない一文だ。ラルフの後継者は兄のジャレクで、彼がすべての財産を相続するはずだ。カックメア館を中心とするサセックス州の広い農地と森と葡萄園も、三十五の別荘も、リトルバードリーのパブも。

エリンは膝の上で両手の指を組み合わせ、弁護士の声に耳を傾けた。

「最後に、前述した遺贈分以外のすべて――現金、地所、ソーンダーソン銀行の頭取の地位を、実の息子であるコルテス・ラモスに譲るものとする」

沈黙が垂れこめた。永遠に続くと思えるほどの沈黙。エリンは激しい鼓動をしずめようと両手を胸にあてがった。頭のなかで、弁護士の言葉がこだまする。

コルテス……。

きっと、一年前わたしがベッドを共にしたコルテスとは別人よ。たまたま同じ名前だっただけ。そう自分に言い聞かせても、不安はどんどん大きくなっていった。これからわたしと兄の人生はどうなるのだろう。息子のハリーの人生は？　心臓が胸から飛び出しそうだった。これは恐怖だ、とエリンは気づいた。当然だと思っていた将来の生活が、いま粉々に砕け散ったのだ。

隣に座っている兄の体がこわばるのがわかったが、兄はいつものように感情をコントロールしてみせた。「これは何かの冗談か、カーステアーズ？　ラルフとローナ・ソーンダーソンには子供ができなかったから、ぼくたちを養子にしたんだ。ラルフに血のつながった息子はいない。そのコルテス・ラモスという人物には、ぼくの養父の財産を受け継ぐ権利はないはずだ」

カーステアーズ弁護士が口を開く前に、部屋の奥から声がした。かすれ気味の低い声とアクセントは、この一年エリンが何度となく夢のなかで聞いたものだった。

「正式な結婚によって生まれた息子はいなかったが、非嫡出子はいたんだ」声が刺々しくなる。「ぼくはラルフ・ソーンダーソンの血を受け継いだ息子で、遺産相続人だ」

エリンの胸がよじれた。ありえない。声がしたほうを見ても、きっと彼はいない。何もかも夢に違いない。そして、振り向いたとたん、心臓が止まった。一年前の誕生パーティの日、彼女はコルテスほどすてきな男性は見たことがないと思った。だが、いまの彼は、記憶のなかの彼よりずっとすてきだった。

「教会で見かけたのはやっぱりあなただったのね。もしかしたらと思ったけれど、あなたが来る理由はないから――ないと思っていたから……」エリンの声は消え入った。

ジャレクがはじかれたように立ち上がった。コルテスを見てから妹に視線を戻す。「おまえはこの男を知っているのか？」

エリンはごくりと喉を鳴らし、コルテスのたくましい裸身を脳裏からかき消そうとした。エリンの脚をそっと押し広げたブロンズ色の手と、自身の白い肌が紡ぎ出す鮮やかなコントラスト。今日、そのすばらしい裸身は服で隠されている。だが、チャコールグレーのスーツと黒いシャツとネクタイは、彼の男らしい印象を少しも損なっていなかった。

「あの……一度会ったことがあるの」やっとのことでエリンは答えた。コルテスの目の金色の斑点がきらめく。どうやらおもしろがっているらしい。感情の抑制に重きを置くイギリス流のしつけを施されたことに、いまエリンは心から感謝した。「よく覚えていないけれど、何かの催しのときだったと思う」

兄が顔をしかめた。「この男がラルフと関わりがあると知っていたのか？」

「もちろん知らなかったわ」ジャレクの目に宿る一抹の疑念が、エリンの胸をナイフのように切り裂いた。わたしがいま生きているのは兄のおかげだ。兄がいなければ、サラエボが攻撃されて施設に爆弾が落ちたとき、わたしの命はなかっただろう。「何か感じていれば、すぐ兄さんに話していたわ」

ジャレクが歩を進め、乱暴に図書室のドアを開けるのを見て、エリンは唇を噛(か)んだ。

「兄さん、どこへ行くつもり？」コルテスのほうを見ないよう気をつけながら、彼女は急いで兄のあとを追った。けれど、コルテスの存在感と、魅惑的なアフターシェイブローションの香りが、彼女の意識を刺激していた。

「なぜラルフがこんなことをしたのか、おまえもわかっているだろう？」玄関ホールで追いついたエリンに、兄は言った。「彼は、母さんが死んだのはぼくのせいだと思っていたんだ。そのとおりだ。ぼくが母さんを助けなくてはならなかった」

「銃を構えた強盗を相手に、何ができたというの？　兄さんのせいじゃないわ……」

エリンの手を振り払うようにジャレクが体の向きを変え、テーブルからオートバイ用のヘルメットを取った。

「ぼくがヒーローになろうとしなければ、母さんは死なずにすんだ。ぼくは危険な賭けに出て強盗に飛びかかった。そして、賭けに負けたんだ。ぼくを相続人から排除したラルフの気持ちはよくわかる。でも、おまえを排除する理由はないはずだ」ジャレクは玄関のドアを開けてから、振り返った。「ぼくが何を望んでいるかわかるか？　あのとき、強盗が母さんじゃなくてぼくを撃ち殺してくれればよかったと思っている。ラルフもそう望んでいたんだ」

「ああ、お願いだから、やけにならないで」

エリンは表の階段を下りていく兄のあとを追いたかったが、図書室から出てきたカーステアーズに声をかけられた。

「迎えのタクシーを頼みました。ここへ来るときは、ミスター・ラモスがご親切に乗せてきてくださったので。悪い知らせをもたらさなくてはならず、残念です。ショックだったでしょう」

ずいぶん控えめな表現をするものね――そんな皮肉な思いがエリンの胸をよぎった。

「父は脳腫瘍で亡くなった。コルテス・ラモスを相続人に指名したときはすでに頭がはっきりしていなかったという可能性はないかしら？　そもそもミスター・ラモスが実の息子だというのは確かなの？」

ふとエリンは図書室のドア口に立っているコルテスに気づいた。きっといまの言葉を聞かれたに違いない。最悪だわ。でも、自分と兄、そして何よりも息子の未来のために闘わなくては。

でも、ハリーはコルテスの息子だ。

そのことの意味を、いまエリンは考えたくなかった。そして、その事実を、冷酷な顔をした赤の他人も同然の男にどう伝えるかということも考えたくなかった。去っていくジャレクのオートバイのエンジン音が聞こえ、エリンは兄の身が心配でたまらなくなった。

弁護士が首を振りながら言った。「奥様の死後半年ほどたって、新しい遺言書を作りたいとおっしゃったとき、ミスター・ソーンダーソンは紛れもなく正気でした。どうやら以前からミスター・ラモスが自分の息子ではないかと推測なさっていたようで、ＤＮＡ検査で親子関係が証明されると、このカックメア館にミスター・ラモスをお呼びになりました。そして、その日のうちに、遺言書を書き換えたいとおっしゃいました。一年前の三月三日です」

「三月三日って、わたしの誕生日だわ」エリンはつぶやくように言った。彼女の誕生日に養父があの遺言書を書き換えたという事実が、なんとも痛烈な裏切り行為に思えた。

次々とショッキングな出来事が重なり、将来の生活に暗雲が垂れこめたうえに、兄がオートバイレースで無茶をして命を落とすのではないかと、エリンは怖くてたまらなかった。二日前の夜、混雑したナイトクラブで感じたのと同じように、彼女は息苦しさに襲われた。そして脚ががくっと折れたとき、どこか遠くからコルテスの声が聞こえた。

3

エリンは羽根のように軽かった。コルテスは反射的に駆け寄って、彼女が床に倒れこむ前にその体を支えていた。

教会の前に立っている彼女を見たとき、まずコルテスが驚いたのはそのあまりに華奢（きゃしゃ）な体つきだった。いま流行（はやり）のダイエットのせいだろうか？　それとも、何か別の理由があるのか？　そんなことを考えながら、コルテスは彼女を抱いて図書室に運んだ。

二日前、ロンドンのナイトクラブから運び出されるエリンの写真がタブロイド紙の一面を飾った。記事には、クラブでよく使用されているコカインか軽いドラッグでもやったのではないかと書かれ、〝エリン、パーティ三昧の毎日に戻るか？〟という見出しが躍っていた。

好奇心に負けたことに自己嫌悪を覚えながら、コルテスは新聞を買って記事の全文を読んだ。一年前なぜかエリンはパパラッチの網に急に引っかからなくなったという。しかし、それ以前の彼女の軽薄な生活ぶりに言及した記事を目にし、コルテスはうんざりして新聞をごみ箱に投げ捨てた。

うっかりパーティに紛れこんでしまったあの夜、ぼくはなぜ彼女とベッドを共にしたんだ？　その答えが頭に浮かんだとき、彼はみぞおちを殴られたようなショックを受けた。あの夜、踊っている彼女を見たときも、それと同じくらいのショックに呼吸が止まった。欲望――抑えることのできない欲望が、雷さながらに彼の全身を刺し貫いたのだ。

思い出してはならない記憶がよみがえる。大きく胸元のくれた深紅のドレスを着たエリン。淡い金色の髪がシルクのカーテンのように肩に流れ落ち、すばらしく美しい顔を縁取っていた。そして、妖精のような横顔と官能的な唇。彼女を見た瞬間から、コルテスは視線を外せなくなった。金持ちで次のパーティのことしか考えていない愚かな娘だとわかっているのに、欲望は消えなかった。しかも、もしマスコミの報道が事実なら、彼女はドラッグを求めてパーティに参加していたのだ。

DNA検査の結果、ラルフ・ソーンダーソンの息子だと証明されたという知らせを受け、コルテスがイギリスに来たのは一年あまり前のことだった。彼がラルフに会ったのは、妊娠した母親を捨てた男がどんな人物か会ってみたいという好奇心を抑えられなかったからだ。ソーンダーソン家が裕福で、由緒正しい家柄であることはすでに知っていた。

カックメア館に向かって広大な土地に車を走らせるうちに、コルテスは文字どおり命を縮めるほど働きづめだった母を思い、苦々しさを噛(か)みしめた。三十五年前、妊娠したマリソル・ラモスは恋人に捨てられ、スペインの家族にも拒絶されて、文字どおり一人ぼっちになった。それでも、どうにかアンダルシアに小さなワイナリーを造った。コルテスは歩けるようになるとすぐに、葡萄畑(ぶどうばたけ)の手入れや収穫を手伝い始めた。すばらしいシェリー酒ができたが、スペインの南西部を牛耳る三大ワイナリーには太刀打ちできなかった。苦しい生活が続き、母が四十二歳の若さで死んだとき、コルテスには彼女が生きることに疲れてしまったのだとしか思えなかった。

ラルフ・ソーンダーソンに会った折、コルテスが抱いていた感情は怒りだけだった。母を窮乏と困苦の人生に追いやった男への怒り。当時イギリスの新聞は、ラルフの養子となった兄妹の贅沢三昧(ぜいたくざんまい)の生活に関する記事であふれていた。とくにエリンのパーティ好きは頻繁に紙面をにぎわした。だが、新聞の写真やラルフのデスクに飾られていた写真くらいでは、誕生パーティでダンスに興じる彼女を見たときの衝撃を和らげる助けにはならなかった。

エリンのまつげがかすかに震え、まぶたが

開くのを見て、コルテスの意識は現実に引き戻された。彼女の濃いブルーの目がしばらくぼんやりとコルテスを見つめ、一年前にダンスをしたときのサファイアのような輝きを思い出させた。あのとき彼女はぴったりとコルテスに体を寄せてきた。いまと同じように。だが、あのときの彼女の体はとても柔らかくしなやかで、誘うように開いた魅惑的な唇に、コルテスは抵抗できなかった。

あのときの経験を教訓にしなくては。

それまでのコルテスは女性の魅力に屈することなく、つねに主導権を握り、万事、彼自身のルールに従って進めてきた。二十代のころアランドラに恋をし、愛というものに対する幻想を粉々に打ち砕かれた。以来、コルテスは自分に確固たるルールを課したのだ。エリンと共にベッドに倒れこむ行為は、そのルールに完全に反するものだった。

「何をしているの？　早く下ろして」

エリンの声には狼狽がにじんでいた。ソファに下ろされるや、彼女はまるで伝染病患者から逃げようとするかのようにコルテスから体を離して、彼をいらだたせた。一年前のエリンはこんな態度はとらず、彼にぴったりと身を寄せてきた。コルテスは執事がデスクに置いていった飲み物を取りに行きながら、懸命にエリンの姿を頭から追い払おうとした。深紅のドレスの上半身をはだけさせ、腿を大きく開いてベッドに横たわっていた姿を。

「ほら、飲んで」コルテスは彼女にブランデーのグラスを差し出した。

エリンは首を横に振った。「強いお酒は飲んだことがないの。弱いものもめったに飲まないけれど」

本当のことのように聞こえるのはなぜだ? まったくの嘘だとわかっているのに。誕生パーティのときの彼女は自らぼくを誘い、ぼくはその官能的な魅力に圧倒されてしまった。

腹立たしいことに、いまもコルテスはエリンから視線を外せなくなっていた。記憶にあるより、彼女はさらに美しかった。身につけている黒いドレスは、女性が優美に見えた前世紀を思わせるデザインだ。淡い金髪はシニヨンに結い上げられ、高い頬骨、青い目の上で完璧なアーチを描く眉——信じられないほど整った顔だちがより強調されて見える。コルテスは痛いほどの欲望のうずきを抑えることができなかった。

「先日ナイトクラブから運び出されたときも酔っぱらっていなかったのだとしたら、きみがドラッグの常習者だというタブロイド紙の記事は事実ということだな」

エリンの磁器のような肌に赤みが差した。

「新聞の記事は嘘ばかり。ナイトクラブで失神したのは最近体調が悪かったせいよ。さっきふらついたのは、父がわたしと兄を排除し、あなたを――これまで誰も知らなかった実子を、相続人に指名したとわかってショックを受けたから」

エリンの声は冷静だったが、目は怒りに燃えていた。上半身を起こし、彼をにらむ。

「ケンジントンの屋敷に来て誕生日パーティに紛れこんだのは、満足感に浸るため？　一年前にラルフはあなたを相続人にするって告げたんでしょう？　すべての財産を相続するだけでは飽き足らずに、わたしの体も自分のものにしたかったの？」

コルテスの顔に冷酷な笑みが浮かんだ。いまの言葉が何よりの証拠だ。外見は天使のように無垢(むく)に見えても、やはりエリンはセックスを何かとの交換手段としか考えていないのだ。あのままぼくがベッドに残っていたら、きっとほかの女と同じようにさまざまな要求をしてきたに違いない。

「はっきり言うが、ぼくは遺言書については何も知らなかった。初めてカックメア館で父に会ったあと、ぼくはロンドンのホテルに泊まるつもりだったが、ラルフがケンジントンの屋敷に泊まればいいと言って鍵をくれたんだ。きみたち兄妹は外国に行っているから、屋敷には誰もいないと言われた。きみがパーティを開いているとわかって、ぼくはすぐ立ち去ろうとした。ところが、きみにつかまってしまった。ぼくと踊りたいと言って」

コルテスはエリンの頬が紅潮していくさまに引きつけられていた。

「そしてぼくを寝室に連れていき、関係を迫った。きみの評判は知っていたから、きみの一夜の情事の相手はぼくが最初でもなければ最後でもないとわかっていた」

エリンの顔から血の気が引いた。「本当に卑劣な人ね。あの夜、わたしは知らないうちにドラッグをのまされて判断力を狂わされ、いつもとは違う行動をとるようになっていた。マスコミの記事なんて真実からほど遠いのに……」エリンは短い笑い声をあげた。「あなたはわたしのことなんて何も知らないのよ」

彼女の声には傷心がにじんでいるように感じられ、コルテスは落ち着かない気分になったが、罪悪感を覚える必要はない、と自分に言い聞かせた。たったいまエリンは、あのパーティでドラッグを使っていたことを認めた。そして、そのせいでぼくに抱かれたような言い方をした。だが、あの夜エリンがいつもと違う行動をとったとは思えない。マスコミによれば、それまでも彼女には数多くの恋人がいたのだから。

一年が過ぎたいまも、あの夜のことは鮮明に覚えていた。それまで感じたことのない激しい欲望に突き動かされてエリンのなかに入りこんだとき、彼女は一瞬体をこわばらせ、息を止めた。けれど、すぐに脚をぼくの腰に巻きつけ、ぼくの動きに合わせた。二人のあいだには激しい情熱の炎が燃え盛っていた。あのときまでエリンが未経験だったなんて、絶対にありえない。

きっとほかの男に対しても、彼女は同じような行動をとるのだろう。ぼくが彼女の最初の恋人ではないという証拠がちゃんとある。

「きみには子供がいるんだろう」彼女のしなやかな体がほかの男に巻きついたと思うと、コルテスは怒りを覚えた。なぜだ？　ラルフの遺言書が開示されたとき、コルテスはひどく驚いた。彼女の子供のことがメディアで報じられたことは一度もない。

「遺言書のなかで、ラルフはきみが結婚して息子に父親を与えてやるよう望んでいた。子供の父親とは連絡を取っているのか？　その男と結婚して遺産相続の権利を主張するつもりか？」

彼女の私生活に興味など持っていないのに、なぜそんなことを尋ねたのか、コルテスは我ながら不思議だった。ふと気づくと、答えを待ちながら彼は息を止めていた。だが、それだけでは、彼女の答えを聞いたときの衝撃を受け止めきれなかった。

「わたしの息子の父親はあなたよ」

この一年コルテスの耳につきまとっていた柔らかな声で、エリンが言った。

一瞬、コルテスはその可能性があるかどう

か考えた。「ありえない。ぼくが父親ならきみにとって好都合なのはわかる。ぼくは結婚しなくてはいけないという気持ちになるだろうし、きみはぼくと結婚すれば遺産相続の条件を満たせるからな。しかも、ワイナリーの所有権の半分が手に入るだけでなく、ぼくの妻としてカックメア館に住み続け、これまでどおりの豊かな暮らしを享受できる」

　エリンがかぶりを振るのを見て、コルテスは皮肉な笑みを浮かべた。

「ぼくはばかじゃないんだよ、いとしい人（ケリーダ）。セックスのときには、充分に気をつけている。きみは忘れたかもしれないが、あのときぼくはちゃんと避妊具を使った。子供の父親はほかで捜すことだな」

　エリンはふらつく足で立ち上がった。「避妊具の効用を百パーセント信じるのは愚か者だけよ。わたしたちは失敗したの」

　気丈にもエリンは顎を上げて彼の目を正面から見つめた。なぜかコルテスはその視線から目をそらさずにはいられなかった。

「心配しなくていいわ。あなたと結婚したいなんて、口が裂けても言わないから」エリンは冷ややかに言った。「ハリーはあなたの息子よ。でも、あなたが責任逃れをするのは想像がついていた。なにしろセックスのあと、さよならも言わずに消えてしまうような人だもの」

「きみがぐっすり眠っていたから、起こしては悪いと思っただけだ」エリンの冷たい口調と明らかな嘘に怒りを覚え、コルテスは言い返した。アランドラとのことがあってから、避妊には細心の注意を払ってきたのだ。

とはいえ、あのとき、逃げるように彼女の寝室から出たのは紛れもない事実だった。彼は自制心を失ったことに動揺していた。そして、キスで彼女の目を覚まさせ、もう一度心ゆくまでそのすばらしい体を探索し、彼女を快感にあえがせたいという誘惑に負ける前に、急いであの場を立ち去ったのだ。

あのときのことを思い出すと、体が勝手に反応してしまい、コルテスは必死に現在の状況に意識を集中しようとした。エリンのような方法で経済的な安定を得ようとするのは、昔からよくある手だ。〝パーティの女王〟が職探しをするなど想像もできないが、彼女には収入源が必要なのだから。だが、驚いたことに、彼女はあっさり引き下がった。

「これで義務は果たしたわよ。あなたに息子がいることはちゃんと知らせた。わたしはあなたに何も要求しないし、期待もしない。ただ、ここから出ていく準備のために数日だけ猶予が欲しいわ」エリンの声がかすかに震えた。いったん唇をぎゅっと結んでから言葉を継ぐ。「聞いてのとおり、ラルフはわたしと兄に一つずつ別荘を残してくれたわ。でも、どちらもここ数年は空き家のままだったから、赤ん坊を連れて引っ越す前に手を入れる必要があると思うの」

コルテスは彼女を気の毒に思う必要はないと、自分に言い聞かせた。これまでエレンは、彼と母親には許されなかった特権的な生活を享受してきたのだ。だが、彼女が優雅な暮らしを楽しみ、コルテスと母親がつらい生活を送ったのはけっしてエリンのせいではない。彼もそれはわかっていた。

「今日の午後、ぼくはロンドンに戻ってソーンダーソン銀行の重役会に出る。一週間くらいは戻らないと思う。そのあいだに、きみたちはそれぞれ別荘に引っ越せばいい」

「兄は別荘ではなく、ロンドンに持っているペントハウスで暮らすんじゃないかしら」エリンはためらいがちに言った。「兄は自分が銀行の頭取になると思っていたのよ。これからどうなるの？　ジャレクはいまの仕事を続けられるの？」

「銀行の資産明細表を吟味してからでなくては、何も決められない。ラルフの遺書の内容は、きみと同じくらいぼくにとっても意外だった。ミスター・カーステアーズから連絡をもらって、ぼくは死者に敬意を払うために葬儀に参列した。ラルフのほうは、ぼくの母にそれ相応の敬意を払ってはくれなかったけれどね」

コルテスは苦々しさを隠そうとしなかった。母は天使のような女性だった。彼の最大の悔いは、成功と富を手に入れる前に母を死なせてしまい、母に楽な生活をさせてやれなかったことだった。

「実の息子がいたなんて、本当に驚いたわ」エリンは静かに言った。「あなたのお母様とラルフはどこで出会ったの？」

「母はこのカックメア館でメイドをしていた。父親については何一つ教えてくれなかったから、ＤＮＡ検査の結果が送られてくるまで、ぼくはラルフが父親だなんてまったく知らなかった。ラルフによれば、ぼくの母と関係を持ったのは、彼がローナ・アマーストと婚約したのと同時期だったそうだ。彼の結婚は、二つの銀行の協力体制を強固にするためのものだったと言っていたよ」

ふいにコルテスが顔をしかめた。

「妊娠したと聞いて、ラルフは母に金を渡したと言っていた。彼は母がスペインの家族のもとに帰ったと思っていたそうだ。ところが、未婚で妊娠したことで、母は家族から拒絶され、一人でぼくを育てた。小さなワイナリーから得るわずかな収入だけで。なぜラルフがぼくを相続人に指名したのかは知らないが、生まれる前にぼくを捨てたこととの埋め合わせがしたかったからだとは思えない。何不自由のない生活とすばらしい教育を与えた二人の養子がわがまま放題の甘やかされたおとなになったのを見て、おそらくその二人にラルフ個人の財産とソーンダーソン銀行の経営権を渡すのは危険だと判断したんだろう」

エリンが殴られたかのように、びくっと体を震わせた。

くそっ。この女性を相手にしていると、なんだか自分が怪物にでもなった気がする。コルテスはいらだった。

「わたしと兄のことなんて、何も知らないくせに」

その歯切れのいい口調に、コルテスは彼女を思いきり揺すぶって冷静さの仮面をはがし、その下に隠されている炎をむき出しにしてやりたい衝動に駆られた。

「兄はあなたの千倍もいい人よ」

ついにエリンの穏やかさの仮面の下から、激しい感情が垣間見えた。どうやら彼女の弱点は兄のジャレクのようだ。誰にでもアキレス腱はある。コルテスは敵のそうした弱点を見つけ出し、情け容赦なく利用するのが得意だった。

とはいえ、エリンに関して複雑な策略を使う必要はない、とコルテスは思った。彼がエリンから手に入れたいものなど、何一つなかった。彼女が持っているのは天使のような顔と、どんなに敬虔な聖人も誘惑できそうな体だけだ。

だが、もう彼女に触れることはできない。あの一夜で、ぼくの取り分は終わったのだから。ただ腹立たしいことに、コルテスはどうしてもエリンを忘れることができなかった。忘れるために何度かほかの女性と関係を持ったが、満足な結果は得られず、以来もう何カ月も女性の体に触れずに過ごしていた。

下腹部の鈍い痛みが、自分はもうセックスに興味がなくなったのだというコルテスの思いこみを否定した。だが、男としての機能が正常だとわかって安心する気持ちにはなれなかった。それどころか、不安がこみ上げていた。エリンが彼の運命を狂わせるのではないかという不安が。

ばかばかしい。コルテスは口のなかでつぶやき、エリンの美しい顔から視線を引きはがした。味わいたくてたまらない柔らかな唇から目をそむける。そして腕時計に目をやったコルテスは、思いがけず長い時間が過ぎていたことに気づいた。エリンは危険だ。

「三時に重役たちと会うことになっているから、もう行かなくては」

ドアに歩み寄ってから、コルテスはエリンのほうに振り向いた。

「ホテル企画会社に依頼し、来週カックメア館を視察に来てもらうつもりだ。きみたちの引っ越し準備の邪魔にはならないと思う」

「ホテル企画会社？」エリンの声が鋭くなっ

た。「まさか……ここをホテルにしようと考えているんじゃないでしょうね？」

「それも選択肢の一つだ。ぼくはこの醜悪な中世の遺物に住むつもりはないからな」彼が廊下に出ると、エリンが追ってきた。

「カックメアは醜悪じゃないわ。確かにいろいろな建築様式が混在しているけれど、母屋の大部分は十九世紀の初めに建てられたり修復されたりしたものよ。チューダー王朝時代からずっと、ソーンダーソン家はここで暮らしてきたの。あなたもソーンダーソン家の人間でしょう。カックメア館はあなたが相続し……そして……あなたの息子へと受け継がれていくべきものなのよ」

コルテスは湧き上がる感情を抑えることができなかった。二十代初めにマドリードに移ってエルナンデス銀行で働き始めたころのことを思う。大都市の生活は刺激的だった。そして彼は美しいモデルのアランドラ・ルイスと出会い、そのエキゾチックな姿に魅せられて、恋に落ちた。

ある日、バスルームの洗面台に検査済みの妊娠検査キットが置かれているのを見つけ、コルテスはそれを手に寝室に戻った。

「妊娠のことをいつぼくに話すつもりだったんだ？」

アランドラの反応は驚くべきものだった。

顔をしかめ、どうでもいいと言わんばかりに肩をすくめる。「あなたに見つかる前に捨てるつもりだったの」

「じゃあ、本当なんだな？　ぼくの子供が生まれるんだね？」これほど幸せな気持ちになったのは生まれて初めてだった。愛する人がぼくの子を宿している。コルテスは興奮と誇らしさで胸がいっぱいになった。

　だが、抱きしめようとした彼の腕を、アランドラは振り払った。「ばかなこと言わないで。子供を産むなんて無理よ。太ったら仕事に差しつかえるし、何よりもエミリオに知られたら困るもの。彼はもう何カ月も外国に行っているんだから、彼の子供じゃないってわかってしまう」

　コルテスのみぞおちに衝撃が走った。「エミリオというのは誰だ？」

「婚約者よ」アランドラはまたも肩をすくめた。「カナダに渡っていい仕事に就いたから、トロントで一緒に暮らせるように、わたしもビザを申請中なの。あなたはちょうどいい退屈しのぎになってくれたわ。でも、もうこれで終わり」

　子供を産んでくれと、コルテスは必死に懇願した。「ぼくと結婚してくれ。ぼくがきみと子供の面倒を見る」

　彼女は嘲った。「あなたの収入はエミリオの半分しかないし、わたしは彼の赤ん坊も産みたいと思っていないの。あなたの赤ん坊なんて欲しいと思うはずがないでしょう?」

しかし最後にはプロポーズが受け入れられてコルテスは有頂天になったが、数日後アランドラから電話が入り、承諾したのは本気ではなく、婚約者のいるカナダへ飛び立つ前に堕胎手術を受けたと告げられた。

コルテスは意識を現在へと引き戻した。エリンは嘘をついているに違いない。もし本当なら、もっと早く話して金を要求したはずだ。アランドラに心を引き裂かれたコルテスは、ほぼゼロに等しい可能性しかないエリンの話を信じる気にはなれなかった。

「ぼくには息子はいない」コルテスは表のドアに向かって歩きだしたが、追ってきたエリンが彼の腕に手をかけた。

「お願い、コルテス……」

お願い、コルテス。その言葉で、深紅のドレスをはだけさせてベッドに横たわるエリンの姿がよみがえった。彼を急かし、欲望をあおる柔和な声。彼女の白く柔らかな腿のあいだに身を沈めたいという激しい衝動。一年前、コルテスは完全に自制心をなくした。

そして、いまもなくしかけている。コルテスは彼女をソファに押し倒して優美な黒いドレスの裾をまくり上げたかった。これほど激しい欲望を覚えたのは初めてだった。それが彼の怒りを駆りたて、心の底に羞恥心を生んだ。コルテス・ラモスは他人を必要としない人間のはずだ。とりわけ、男から男へと飛びまわるエリンのような女はいらない。

玄関ホールに緊張が満ちていくなか、コルテスは腕に置かれた彼女の手を見つめていた。彼女の香水が鼻をくすぐる。さわやかなフローラル系の香りに、官能的なジャスミンのにおいがかすかに混じっている。コルテスのなかの野獣が目覚めた。彼はエリンの手首をつかんでもぎ離した。

「きみの子供の父親がぼくだとこれ以上主張し続けるなら、名誉毀損で訴える。ぼくたちは避妊具をつけて一度だけセックスをした。ぼくの子供を妊娠していれば、きみにとっては非常に好都合だろうが、ぼくはありえないと確信している」

ドアを開けると、三月の冷たい空気が鼻孔を刺した。

「ぼくを相手に駆け引きするのはやめたほうがいいぞ、エリン。きみと違って、ぼくは優雅な子供時代を送ったわけじゃない。食事さえ充分にとれないときがあった。だが、その空腹がぼくのなかに、いつか成功して貧困から抜け出すという野心を植えつけた。ラルフ・ソーンダーソンは冷酷な男だったと聞いている。言っておくが、その点に関して、ぼくは父の遺伝子を受け継いでいる」

4

コルテスの長身が車体の低いスポーツカーに吸いこまれるのを見つめたあとで、エリンは悪魔を締め出そうとするように力いっぱい玄関のドアを閉めた。震える息を吐き、がっしりした木のドアに寄りかかって図書室でのやり取りを思い返す。

わたしがいちばんショックを受けたのは、なんだろう？　結婚しなければワイナリーの相続権はないというラルフの遺言？　あるいはラルフの実の息子で相続人に指名されたのがコルテス・ラモスで、しかもそれが彼女の息子――恥ずべき一夜の末に身ごもった子供の父親だったこと？

だけど、ハリー自身にはなんの罪もない。

嗚咽をもらしながら、エリンはホールを駆け抜けて堂々とした階段を上がった。彼女とハリーが暮らしているのは東の棟だった。四歳のときから暮らしてきたカックメア館がホテルにされてしまうかもしれない――そう思うと、すでにずたずたに傷ついたエリンの心に、ナイフで刺されたような痛みが走った。

息子の泣き声に物思いを吹き飛ばされ、エリンは子供部屋に駆けこんでハリーを抱き上げた。「ほらほら、大丈夫よ、いい子ね。ママはここにいるわよ」優しくあやすと、ハリーがエリンの首筋に顔を押しつけ、泣きやんでいく。エリンは胸がいっぱいになった。

「ミルクの用意をしていたもので」乳母が言いながら、小さなキッチンから急いで戻ってきた。「わたしが飲ませましょうか？」

「いいえ、わたしがやるわ」エリンは乳母から哺乳瓶を受け取った。

エリンは乳母を雇うつもりはなかった。だが、産後にひどく体調を崩して入院が長引き、やっとハリーと一緒にカックメア館に戻ったときには、ジャレクがすでにバーバラ・レノックスを雇っていた。二度の輸血をしてもまだ体力は回復せず、さらに悪いことに腎臓の感染症にかかってしまい、とうてい赤ん坊の世話ができる状態ではなかった。

だが、遺産をもらえなかったのだから、これからは乳母を雇う経済的余裕はなくなる。コルテスの言うとおり、エリンにはなんの権利もないのかもしれないが、二十二年間にわたって父親だと思ってきたラルフが彼女の行く末を気にかけてもくれなかった事実が、彼女の心を深く傷つけた。

エリンは椅子に腰を下ろした。胸に顔を押しつけて乳を飲もうとするハリーのしぐさに、胸が痛む。「はい、こっちよ」エリンは哺乳瓶をハリーの口に当てた。腎臓の感染症の治療に強い抗生物質を使ったせいでハリーを母乳で育てられないことが、彼女を悲しませていた。けれど、乳母のバーバラはミルクで充分に元気に育っていると請け合ってくれた。

ハリーはまだ三カ月だが、驚くほど強い力でエリンの指をぎゅっと握りしめている。息子の柔らかな頰とシルクのような黒髪にキスをせずにはいられない。ハリーが彼女を見つめた。コルテスを思わせる金色の斑点のある濃い焦茶色の目で。

ＤＮＡ検査でコルテスがハリーの父親だと証明することもできる。でも、そんなことをしてなんになるの？　コルテスは息子を望んではいない。エリンにしても、裁判に持ちこんで養育費を要求するところまで身を落とすつもりはなかった。この子は、自力で育ててみせる。少なくとも住む場所はある。ジャレクはきっと、二つの別荘のうち、状態のいいほうをわたしが取ればいいと言うだろう。兄はイギリスにいるときはたいていロンドンのペントハウスで過ごすが、一年の大半はソーンダーソン銀行の日本支店で仕事をしている。

わたしも仕事を探さなければ。状況の厳しさを思い、エリンは唇を嚙んだ。結婚は問題外だ。身近に夫候補はいないし、たとえ相手を探す気になったとしても、財産も後ろ盾もないシングルマザーを妻にしたいと思う男性は簡単には見つからないだろう。そうなると、ワイナリーはすべてコルテスのものとなる。養母の死からずっと胸に居座っていた痛みが、いま新たにエリンを鋭く突き刺した。自分の手で植えた葡萄でイギリス随一のワインを造るというローナ・ソーンダーソンの夢は、もはや実現不可能なのだ。

ワイナリーの製造責任者として働き続けることを認めてもらえるかもしれない——そんな考えが浮かんだものの、コルテスの下で働くのはいやだった。定期的に彼と顔を合わせなくてはならないからだ。彼の姿を見るのはつらすぎる。エリンはコルテスの整った顔を思い浮かべた。輪郭のはっきりした頬骨とがっしりした顎、金色の斑点のある黒に近い濃い焦茶色の目。そして、不道徳なほど官能的な唇が至福の時間を約束する。

一年以上も封印してきた記憶が鮮やかによみがえった。重ねられた唇がわたしの魂まで蹂躙し、理性を奪う……。今日までエリンは、あの日のとんでもない行動はドラッグのせいだと思いこんでいた。けれど、図書室でコルテスを見たとき、意志とは無関係に体が反応してエリンに恥ずべき真実を教えた。一年前コルテスとベッドを共にしたのは、一目見た瞬間から彼が欲しくてたまらなかったからだ、と。

頭のなかに、その男性は危険だという警告の言葉が渦巻いていたのに、エリンはそれを無視した。呼吸も理性も奪われ、彼女のなかに残っていたのは燃え盛る欲望だけだった。あの夜の記憶がよみがえるにつれ、胸の先が硬くとがり、下腹部に震えが走る。エリンにとってそれは恥辱の記憶だった。

とはいえ、あの恥辱の夜が、エリンに息子を授けてくれたのだ。あの夜の刹那的な行動は悔やんでいても、ハリーを産んだことはけっして後悔しないだろう。彼女はハリーを心から愛していた。父親が息子だと認めなかったことを、ハリーには知られないよう全力を挙げるつもりだった。

コルテス・ラモスの存在なんか忘れてしまうのがいちばんだと、エリンは自分に言い聞かせた。なのに、ハリーのおむつを替えてベビーベッドに寝かせると、ついインターネットでコルテスの経歴を検索していた。子供時代は、アンダルシアの小さな葡萄園で母親と二人で過ごしたという。最優秀の成績で経営学の学位を取得したあと、スペイン有数の大銀行に入り、たちまち頭角を現した。そして、異例の速さで最高経営責任者（CEO）の座までのぼりつめた。

ラルフがソーンダーソン銀行の頭取にコルテスを指名したのも無理はない。エリンの心は沈んだ。ジャレクがリスクの大きな仕事を好むのをラルフは不安視していたし、ほかの取締役たちも同じ不安を持っていた。きっと彼らはコルテスが頭取に就任することを歓迎するだろう。

コルテスの成功は銀行業だけではなかった。葡萄栽培の技術に関しても名声は広く行き渡り、ヘレスの町に近いワイナリーですばらしいシェリー酒を造っているという。五年前には世界的なシェリー酒製造会社と提携し、世界中に特製のシェリー酒を輸出し始めた。フェリペ＆コルテス社は大成功を収め、彼は億万長者になった。

エリンは深く考えこみながらパソコンの電源を切った。そのとき、カックメア館で催されるパーティについて相談したいとケータリング業者から電話がかかってきた。

「ああ、そうだったわね。ええ、パーティは予定どおり開くわ」それは、ローナ・ソーンダーソンの死後にエリンとジャレクとラルフが立ち上げた慈善事業の基金作りを目的としたパーティで、養護施設の子供たちを支援したいというローナの遺志に添うものだった。パーティに集まる有名人の寄付で相当大きな基金ができるだろう。

亡き養父はきっと予定どおりパーティを開くのを望んでいるはずだ。だが、いまはコルテスがここの主だ。となると、この機会を逃したら二度とパーティを開けないかもしれない。ロンドンに発つ前、コルテスはしばらくここには戻らないと言っていた。そのあいだにパーティを開いてしまえば、彼に知られずにすむ。少し良心がとがめたものの、すでに慈善事業は動き始めているし、わたしがこうした大きなイベントを主催するのはこれが最後になるだろう。

もしエリンの話が本当だったら？

この二日間、ずっとその疑問がコルテスの頭を悩ませていた。子供の父親はぼくだというエリンの言葉を、ぼくはいとも簡単にはねつけた。九十九パーセントの確率で嘘だと確信していたからだ。だが、まだ一パーセントの可能性が残っている。

コルテスが彼女の言葉を即座に否定し、さっさとカックメア館から立ち去ったのは、彼女のそばにいると何か妙なことをしてしまいそうな気がしたからだった。エリンといると、ひどく落ち着かない気持ちになる。そして、そんな気持ちにさせる彼女が腹立たしかった。だが、どうしても最後の一パーセントの可能性を消し去る必要があった。そのために、いまコルテスはケンジントンの屋敷でゆっくりと夜を過ごす代わりに、みぞれ混じりの激しい雨のなかをカックメア館に向かって車を走らせていた。

暗い夜空を背景に、煌々と明かりをともしたカックメア館が見えてきた。門を入ると、驚いたことに、車寄せに何十台もの車が止まっている。ここ数日間の慌ただしさを考えれば無理もないが、コルテスはひどく疲れていた。イギリスでも有数の銀行の頭取という地位には多大な責任が付随するし、取締役会からはコルテスのリーダーシップによって銀行がますます発展すると期待されている。だが、三十四年間にわたって実の息子を無視し続け、たまたま養子が頭取の適任者ではなかったという理由だけでコルテスを後継者に指名したラルフ・ソーンダーソンに対し、コルテスはなんの恩義も感じていなかった。

　ロンドンからのドライブと悪天候のせいでコルテスの機嫌はいっそう悪くなっていたが、屋敷に足を踏み入れたとたん、怒りが沸騰しそうになった。パーティの真っ最中だった。彼は大広間の人混みをかき分けながら、カナッペのトレイを差し出す給仕に対して首を横に振った。客間の一つはシャンパン・バーになり、舞踏室では大音量の音楽に合わせて大勢の人たちが踊っていた。

　すぐにエリンの姿が目に入り、コルテスは息をのんだ。歴史は繰り返す、と心のなかでつぶやく。ドレスも、一年前と同じ赤いドレスだ。ただ今夜は肌もあらわな深紅のシルクではなく、暗紅色のベルベットのドレスで、裾は床まで届き、サイドにスリットが入っている。ストラップレスの肩はむき出しで、紐で締めたボディスが胸を形よく押し上げ、コルテスの欲望を誘う。背中の半ばまで流れ落ちる髪がシルクのようにきらきら輝いていた。

彼女が欲しい。脈の音がどくどくと耳の奥で響き、血が熱くたぎり、一年前の欲望は何かの間違いだという信念が崩れていく。

いったいエリンの何が、これほどまでにぼくの自制心を揺さぶるんだ？　これまで会った女性のなかで、彼女がいちばんの美人というわけではない。小さなハート形の顔のわりに、目も口も大きすぎる。それに、妖精のように華奢（きゃしゃ）で、百九十センチを超えるぼくには小柄すぎる。

踊っているエリンを見つめているうちに、コルテスの怒りはさらに激しさを増していった。彼女の相手の男にかすかに見覚えがあった。テレビのトーク番組の司会者だ。男の両手が無作法にエリンの全身を撫（な）でまわしているが、彼女はそれを楽しんでいるらしい。音楽よりも大きく響く彼女の陽気な笑い声を耳にするや、はらわたが煮え繰り返った。

これまでなじみのない感情がコルテスを突き動かす。ぞっとすることに、その感情は嫉妬だった。

「替わってくれ」コルテスはエリンのパートナーに向かって言った。相手の男は法外な金をかけた前歯を台なしにされたくなかったらしく、すぐに彼女から離れた。

「失礼すぎるわ」エリンはすさまじい目でコ

ルテスをにらんでから、踵(きびす)を返して立ち去ろうとした。だが、コルテスはすばやく彼女の胴に腕をまわして乱暴に引き寄せた。

「騒ぎを起こしたくないなら、ダンスを続けたほうがいいぞ」

「騒ぎを起こしてるのはどっち？　あの人が誰かわかってるの？　テレビ界の長者番付常連のクリント・クーパーよ。あなたが割りこんでこなければ、多額の寄付を約束してくれるところだったのに」

「驚いたな(サンタ・マードレ)。きみは娼婦(しょうふ)みたいに体と金を引き替えにするつもりか？」コルテスは嫌悪を隠そうともしなかったが、一方でいまも彼女が欲しくてたまらず、そんな自分にどうしようもなく腹が立った。

「ひどいわ！」エリンがさっと手を上げたが、コルテスはあっさりその手首をつかんだ。

「気をつけるんだな。もしぼくを平手打ちにしたら、きっちり仕返しさせてもらう。この場できみを横抱きにして尻をたたいてやる。きみのような甘やかされた娘には、それがお似合いだ。ただの脅しじゃないぞ」

ピンク色だったエリンの頬が真っ赤に染まり、呼吸が荒くなった。胸は大きく上下している。その目に怒りがきらめいたが、怒りの下には燃えるような官能の気配が感じられ、コルテスの全身が熱くなった。

「本当にいやな人。だいたい、なぜあなたがここにいるの？　ロンドンに滞在するって言ってたでしょう」

「だから、鬼の居ぬ間にパーティを開くことにしたのか？　言うまでもないと思うが、ラルフはこのぼくにカックメア館を残したんだぞ。きみは遺言から排除されたことでラルフに腹を立てているんだろうが、養父の葬儀のたった二日後にパーティを開くとは趣味が悪すぎる。ラルフの墓の上でダンスをしているようなものだ」

　コルテスがエリンを引き寄せ、ダンスを強いると、彼女の体がこわばった。

「このパーティはね、ラルフが亡くなる前に企画を手伝ってくれていたものなの。〝ローナの贈りもの〟というチャリティ事業で、兄のアイデアで形になったの。世界中の養護施設で暮らす子供たちを支援する事業よ」

　エリンが指差した壁の横断幕に、いま初めてコルテスは目を留めた。エリンにだけ気を取られていて気づかなかったのだ。横断幕には〝ローナの贈りもの〟という文字と優しげな顔をした女性の写真があった。あれがローナ・ソーンダーソンなのだろう。そう言えばラルフの妻は一年半前に亡くなったと聞いていた。

「クリント・クーパーは寄付と引き替えにわたしの体を要求なんかしなかった。いったいなんの権利があって、あなたはわたしのことを勝手に決めつけるの？」

エリンの唇が震え、彼女が必死に感情を抑えようとしているのがわかった。

「自分のことは自分で判断できます。一年前の誕生パーティは、わたしの人生でいちばん恥辱に満ちた夜だった。あなたとベッドを共にしたことをわたしがどんなに後悔しているか、あなたには想像もつかないでしょうね」

すばらしい女優だ、とコルテスは心のなかでつぶやいた。彼女のまとっている無垢の気配――それは演技だとわかっている。コルテスは悪天候のなかをここまで車を飛ばしてきた理由に意識を集中しようとした。「きみに話があるが、この騒音のなかでは無理だ」

彼は舞踏室の隣にある温室へエリンを連れていった。ガラス張りの温室に人影はなく、ドアを閉めると、隣室の音楽が小さくなった。

彼女はすぐさまコルテスの手を振りほどいた。「今度は何？　二日前のあなたはわたしに言うことなんてないようだったし、わたしのほうに何も話がないのは確かよ」

腹を立てているときのエリンはすばらしい――ふとそんなことを思った自分に、コルテスはいらだった。彼女の目はサファイアのように光り輝き、胸は大きく上下している。

「きみの子供が生まれたのはいつだ？」

「十月六日よ」エリンは視線をそらさずに答えた。コルテスは思いがけず落胆が湧き上がるのを感じた。

るのを感じ、彼女に悟られないよう目を細めた。

「つまり、いま五カ月だな。いくらきみでも簡単な計算くらいはできるだろう。きみが妊娠したのは去年の一月のはずだが、ぼくたちがベッドを共にしたのは三月だ。つまり、あのときさみはもう妊娠していたことになる。なのに、ぼくの子供だと言った。ぼくがDNA検査もせずにきみの言葉を真に受けるとでも思ったのか?」

エリンが肩をすくめた。「試してみる価値はあると思ったの」

コルテスのなかでどす黒い感情が渦を巻き、ずっと昔アランドラに中絶したと知らされたときと同じ痛みに襲われた。子供が欲しかったのに、そのチャンスを奪われたときの悲しみと絶望……。今夜ぼくがここに来たのは、自分も父親になれるかもしれないと思ったからだ。だが、結局のところエリンは嘘をついていた。

コルテスは怒りを抑えようと歯を食いしばった。彼はエリンにも、そして自分自身にも腹を立てていた。彼女はどうしようもない嘘つきだとわかっているのに、彼女の魔力にとらわれて欲望を覚えてしまう自分が情けなくてたまらない。この恥ずべき欲望は、絶対に許容できない彼の弱点だった。

「ぼくを相手にゲームはするなと警告したは

ずだ」コルテスは彼女の体を思いきり揺すぶりたい衝動を必死にこらえた。もし彼女に触れれば、理性をなくしてしまいそうな気がした。「きみの生活はパーティとセックスフレンドで成り立っているのかもしれないが、いまは子供のことを考えてやるべきだ。父親の不在が子供にどんな影響を与えるか、ぼくはよく知っている。なぜ自分にはお父さんがいないのかと子供にきかれたら、きみはなんと答えるつもりだ？」

エリンの顔が青ざめ、それがますますコルテスをいらだたせた。なぜ彼女はこんなに悲しげに見えるんだ？　まるでぼくに傷つけられでもしたみたいに。タブロイド紙を読んでいる者なら誰でも、エリンがセックスとドラッグに明け暮れていると知っているのに。

「真実を話すわ」彼女は静かに言った。「父親がハリーを拒絶したと。あなたって、救いようのない偽善者ね。自分がいろいろな女性と関係を持つことは棚に上げ、相手の女性を批判する。ダブルスタンダードもいいところだわ。男女平等なんてうわべだけ。恋人に捨てられて赤ん坊と一緒に残されるのは、いつだって女よ」

エリンはコルテスに反論する暇を与えず、さっさと温室を出た。彼の傲慢さに激怒し、ハリーの誕生日を偽ったのは正しかったと自分に言い聞かせた。先日コルテスは子供は欲しくないと明言したうえ、わたしを侮辱するような言葉を吐いた。二人で協力してハリーの人生に関わっていくなんて不可能だ。

ただ、一つだけ理解不能なことがある。なぜわたしの体はコルテスに反応してしまうのだろう。黒い目にきらめく金色の斑点を見るたび、全身の血がたぎる。エリンはひどく落ち着かない気分になった。彼に惹かれていく気持ちを抑えられないから？　それとも、コルテスのほうもわたしに欲望を抱いていて、そのことで自己嫌悪に陥っていると気づいたから？　エリンは自分でもよくわからなかった。

舞踏室では人々が音楽に負けじと声を張りあげておしゃべりに興じている。そのやかましさにエリンは頭が痛くなった。それに加え、コルテスと話したせいで、ハリーに会いたいという衝動に駆られ、彼女は舞踏室を出た。そして階段を上がろうとしたとき、誰かに名前を呼ばれた。

「ナット！」足早に近づいてくる若者を見て、エリンはほほ笑みを浮かべた。ナット・デイビスは葡萄畑ではトラクターを操り、父親のスタンが指揮を執るワイナリーでも働いている。「楽しんでいるかしら？」

「ええ、おおいに。でも、父から、葡萄が心配だという連絡があって」

ナットは少し前に霜注意報が出されたことをエリンに伝えた。

「三月初旬の異常な暖かさで、すでに葡萄の芽が出ています。いま霜にやられたら、全滅するかもしれません」

そうなれば、イギリスで最高のシェリー酒を造るというローナ・ソーンダーソンの夢が潰えてしまう。十年前、ローナはフランスのシャンパーニュ地方を訪れたあとで、サセックスに葡萄畑を造ろうと思いついた。初めはラルフも熱心だったが、いつものことですぐに興味をなくした。この地の農民たちの力を借り、白亜質の土壌に十五エーカーのシャルドネとピノノワールの畑を作ったのは、ローナとエリンだった。

七年間ワインを造り続け、昨年は最高の出来だった。ローナの死後、彼女の夢を実現させるのがエリンにとって大切な仕事になっていたが、ラルフの遺言でもうすぐワイナリーから手を引かなければならない。いまや葡萄園の面倒を見るのはコルテスの責任だ。そうは思っても、長年養母が心血を注いできた畑が霜で全滅するなんて、考えるだけでも耐えられなかった。

「霜防止用の蝋燭をともしましょう」エリンは言い、腕時計に目をやった。「そろそろ十二時になる。急がないと、気温が氷点下まで下がってしまうわ。ここに来ているスタッフのなかで、畑に出られるくらい素面の人たちを駆り集めてちょうだい」

二十分後、エリンは葡萄畑に向けてトラックを走らせた。空はよく晴れ、満月の銀色の光がサセックスのなだらかな丘陵地帯を照らしている。コルテスがこの格好を見たらどう思うだろう、と一瞬考えた。いまの彼女は、ジーンズと重ね着したセーターの上にダッフルコートを羽織っていた。

トラックを降りて畑に向かうと、空気は凍えるように冷たかったが、コルテスとの最後の会話を思い出すと、体が怒りで熱くなった。彼の車は見かけなかったから、もうロンドンに帰ったのかもしれない。本当にそうだといいけれど。彼には二度と会いたくない。できるだけ早く館を出なくては。物心ついたときからずっと暮らしてきた家を離れるのは、つらくてたまらないけれど。

エリンはコルテス・ラモスのことを頭から追い払い、八百本のブージーに火をつけることに意識を集中させた。ブージーは大きなペンキ缶のような形をしていて、芯を通したパラフィン蝋がつまっている。葡萄畑の畝に等間隔に置かれたブージーに火をつけ、新芽が霜で傷まないよう畑の空気を温めるのだ。数メートルごとに身をかがめて蝋燭に火をつけていくのは、本当に骨の折れる作業だった。ありがたいことに、ナットとその父親、それに地元のスタッフが二人手伝いに来てくれた。すべてのブージーに火がともると、葡萄畑一面に金色の光が揺らめく壮大な光景が出現した。しかし、数時間後に太陽が出て気温が上がったら、今度は一つずつ火を消していかなくてはならない。ナットとほかのスタッフは帰宅させたが、スタンとエリンは残って火の見張りを続けた。二人がすべての火を消して帰路に就いたのは、もう七時になろうかというころだった。

ハリーはベビーベッドのなかで目を覚ましていて、あどけない笑みで母を迎え、彼女の心をとろけさせた。ミルクを飲ませるあいだエリンは必死に目を開けていたが、やがて乳母のバーバラが優しく赤ん坊を抱き上げた。

「少し眠ってください。ハリーを乳母車に乗せて散歩に行ってきます。睡眠不足では、ハリーの世話はできませんよ」

エリンは反論する気力もなくベッドに入ったが、頭のなかでは将来への不安が渦巻いていた。バーバラなしでどうやって仕事と育児を両立させればいいの？　葡萄栽培と葡萄酒醸造の資格しか持っていないのに、仕事が見つかるかしら？　ワイン造りはイギリスで成長中の産業だが、ほとんどのワイナリーは小規模な家族経営だ。

それに、どこに住むかという問題もある。ラルフが残してくれた二つの別荘を見に行ったが、どちらも湿気がひどい土地柄で、赤ん坊を育てるのにふさわしいとは言えなかった。

ジャレクからはなんの連絡もないし、電話にも出ない。どうか兄がお酒に溺れていませんようにと、エリンは願った。養母の死に対する悲しみと自責の念から逃れるために兄がウォッカに頼るようになったことは、絶対にコルテスに知られてはならない。

エリンは頭が爆発してしまいそうな気がした。そして、ようやく眠りに落ちたとき、彼女が見たのは、コルテスのたくましい体に組み敷かれて体の芯を刺し貫かれるという、あまりにも恥ずかしく官能的な夢だった。

5

車寄せを歩くコルテスの足元で、砂利がきしんだ音をたてた。暦の上では今日から春だというのに、観賞用に造られた池には薄く氷が張っている。南スペインの日差しと暖かさが恋しい。この隙間風の吹きこむ醜悪なカックメア館に住むつもりはないとエリンに言ったのは、本心からだった。

昨夜はパーティの参加者の車でいっぱいだったので、コルテスは門番小屋の脇に車を止めていた。今朝、車寄せにあるのは、地元の農夫のものらしい古ぼけたトラックだけだ。まさかパーティのプリンセスが、泥だらけのトラックを運転するはずはない。

コルテスは主寝室で過ごした眠れない夜のことを思い返した。ここ数日ひどく忙しい生活を送ったせいで、昨夜のうちにロンドンに戻る元気は残っていなかった。だが、かつてラルフ・ソーンダーソンのものだった部屋で過ごすのはなんとも妙な気分だった。ぼくの母がメイドをしていたころ、ラルフはこの寝室に母を呼び入れたのだろうか？　母が妊娠したとわかると、ラルフは母をスペインに送り返した。〝恋人に捨てられて赤ん坊と一緒に残されるのは、いつだって女よ〟というエリンの言葉を思い出し、コルテスは顔をしかめた。だからこそ、彼はもう一度エリンに会おうとしたのだ。自分が彼女の赤ん坊の父親である可能性があるかどうか確かめるために。

だが、彼女はただの嘘（うそ）つきだった。コルテスは車のトランクに鞄（かばん）を入れた。そのとき赤ん坊の泣き声に気づいてそちらに目をやると、ベージュの看護師の制服を着た女性がベビーカーを押して歩いてきた。きっとあれが乳母で、泣いているのがエリンの息子だろう。コルテスのなかで好奇心が頭をもたげた。

「おはよう」コルテスは乳母にほほ笑みかけた。「赤ん坊はご機嫌斜めのようだな」

乳母は車のそばで足を止め、困ったように笑った。「きっとママが恋しいんでしょう。でも、ミス・ソーンダーソンはいまおやすみになっていらっしゃるので」

ベビーカーのなかをのぞきこんだコルテスは、赤ん坊の真っ黒な髪を見てひどくショックを受けた。エリンの髪は淡いブロンドだ。

彼の胸に疑念が芽生えた。

「昨夜のパーティで、エリンの息子は五カ月だと聞いた」コルテスはさりげない口調で乳母に言った。

「いいえ、三カ月です」乳母は手を伸ばして毛布を折り返し、赤ん坊の顔がよく見えるようにした。「でも、とても成長が早くて、もっと大きいと思われそうですけれど」

「ぼくの聞き間違いかな。たしか十月生まれだと聞いた気がしたんだが」乳母車をのぞきこむコルテスの心臓が早鐘を打ち始めた。赤ん坊は泣くのをやめ、まばたきもせずにじっとコルテスを見つめた。金色の斑点のある黒い目で。

「ハリーの誕生日は十二月六日です。エリン様が、少し早めのクリスマスプレゼントをもらったみたいとおっしゃっていました」乳母は軽くお辞儀をして、またベビーカーを押して歩きだした。

コルテスの驚きが怒りに代わり、喉の奥からうめき声がもれた。

なぜエリンは赤ん坊の誕生日のことで嘘をついたんだ？　黒い髪に黒い目をした小さなハリーがぼくの息子だからか？　何がなんでもエリンから真実を聞き出してやる。

屋敷に戻ったコルテスを、執事のベインズがうやうやしく迎えた。使用人には、コルテスがラルフの実子で相続人であることはもう知らされていた。使用人はみな、このままカックメア館で働き続けたいと望んでいるらしい。ベインズからエリンの部屋が東の棟にあることを聞き出すと、コルテスは階段を一段飛ばしに駆けのぼって廊下を急いだ。だが、ドアをたたいても、返事はない。コルテスはためらいもせずにドアを開けて広い居間に足を踏み入れた。

贅沢なしつらえの部屋いっぱいに、庭を見下ろす大きな窓から陽光が注いでいた。子供のころ母と暮らしていた粗末な農家が脳裏によみがえる。部屋は二つだけで、コルテスは居間の寝椅子をベッドにしていた。眠れずにいる彼の前で、母は毎夜、伝統的なフラメンコ衣装を縫っていた。市場で観光客に売って生活費の足しにするためだ。

母と二人の貧しい生活と、実父の養女が送ったイギリスの大邸宅での贅沢な暮らしを思うと、再びコルテスの胸に苦々しさがこみ上げた。乳母の話では、もう十時だというのにエリンはまだ寝ているらしい。彼女はおそらく、ローナ・ソーンダーソンの死後は大邸宅の女主人としての生活を思う存分楽しみ、これからもずっと贅沢な暮らしが続くと思っていたのだろう。ラルフが実質的に彼女には何も残さなかったとわかったとき、きっとひどいショックを受けたに違いない。コルテスは皮肉な気持ちでそう考えた。

さらに歩き続けると、小さなキッチンと明るい黄色に塗られた子供部屋があった。壁に飾られた写真に近づくと、手首に病院のタグのついた新生児の写真だった。下部に生まれたときの体重と誕生日が印刷されている。ハリーは十二月六日生まれで、体重は三千二百グラム。

コルテスは緊張に顔をこわばらせ、子供部屋から隣の部屋に続くドアをノックした。返事がない。我慢できずに、彼はエリンの寝室とおぼしき部屋に足を踏み入れた。パステルピンクで統一された部屋を見まわしていると、向こう端のドアが開き、エリンがバスルームから出てきた。

彼女は全裸だった。瞬時に呼吸が止まり、コルテスは呆然(ぼうぜん)と彼女を見つめた。淡い早春の日差しが全身に真珠色の光を投げかけ、エリンはこの世のものとは思えないほど美しく、まぶしかった。淡い金色の髪が滝のように背中まで流れ落ちている。雪のように白い肌、完璧な丸みを描く胸とピンクの胸の先……。

愛と美の女神アフロディテそのものだ。視線が贅肉のない下腹部とほっそりした腰に落ちたとき、彼は痛いほどの欲望に襲われた。

永遠の時が流れたような気がしたが、エリンがベッドから化粧着を取って身にまとうまで、実際にはほんの数秒の出来事だった。

「ここで何をしているの？ わたしの私室に踏みこむ権利はないはずよ」

エリンの顔は真っ赤だった。化粧着で隠す前、首筋から胸にかけてもピンクに染まっているのが見えた。思いのままに赤くなれるのは、女の武器としてなかなか役に立つに違いない。

「いや、ぼくには、この家のどの部屋にでも入る権利がある」コルテスは必死に欲望を抑えつけながら言った。「ノックをしたが、聞こえなかったようだな」

エリンが両腕を組んで胸を隠したが、それより一瞬早く胸の先がシルクの化粧着の生地を押し上げているのが見えた。彼女もまた欲望を覚えているという事実も、コルテスの不機嫌さをなだめてはくれなかった。

「引っ越し先の準備ができるまでいていいと言ったのはあなたよ。で、何がお望み？」

「赤ん坊の誕生日のことで嘘をついたのはなぜだ？ 乳母が、赤ん坊が生まれたのは十二月だと言っていたぞ」

エリンは肩をすくめた。「なぜそんなこと

を気にするの？」

コルテスは大股に歩を進めてエリンの前に立った。そして、彼女がひるむのを見て意地の悪い満足感を覚えた。コルテスは彼女を動揺させてやりたかった。「いいから、本当のことを言え」

「名誉毀損で訴えると脅されて、本当のことなんて話せるわけないでしょう？　ハリーが生まれたのは十二月よ。わたしたちがベッドを共にしてから九カ月後。計算はあなたが自分でしてちょうだい」

「だが、それだけではぼくが父親だという証拠にはならない。同じ時期にきみは別の男とも関係を持ったかもしれないからな」

「これまでにわたしがベッドを共にした男性はあなた一人よ」

エリンのきっぱりとした口調の下にはどこか傷ついたような気配がにじんでいたが、コルテスは皮肉な笑いでそれをはねつけた。

「いまさら清純ぶっても無駄だ。きみの奔放な暮らしぶりはタブロイド紙が暴いている」

エリンは殴られでもしたみたいに鋭く息をのんだ。しかし、すぐに唇の震えを抑え、明るすぎるほどきらきらと光る青い目で彼を見すえた。「好きなように信じていればいいわ。あなたにどう思われようと、わたしには関係ないもの。引っ越し先さえ決まったら、すぐにここから出ていくわ」

「唯一の解決策はDNA検査をすることだ。もしあの子がぼくの息子なら、きみがどこかに連れていくのは許さない」

「あなたが止めることはできないわ。わたしは、父親はあなたじゃないと主張するから。あなたは子供は欲しくないとはっきり言った。父親に拒否されたと知るよりは、何も知らないほうがハリーは幸せよ」

「きみがDNA検査を拒否するなら、ぼくは検査の権利を法廷に訴える」コルテスはいらだちもあらわに額から髪をかき上げた。彼女の官能的なジャスミンの香水のにおいと、髪から漂うさわやかなレモンの香りに反応して硬くなっていく自分の体を嫌悪する。「ぼくは子供が欲しくないとは一度も言っていない。だが、どうやらきみは主張を引っこめようとしているようだな。検査をすれば嘘が証明されるからだろう」

コルテスのなかで怒りがふつふつと湧いた。彼はエリンがきちんと答えないからだと自分に言い聞かせたが、心の奥ではただ彼女が欲しいからだとわかっていた。全裸の彼女の姿がどうしても頭から離れない。グレーのシルクの化粧着の下にあのしなやかな美しい体が隠れていると思うと、彼の理性はいまにも吹き飛んでしまいそうだった。

「ハリーがぼくの子供なら、なぜ生まれたときにぼくが父親だと公表しなかった?」

エリンのもらした苦々しい笑いが、なぜかコルテスの胸をひどく締めつけた。

「どうやって？　わたしはあなたのフルネームさえ知らなかったのよ。あなたのことは何一つ知らなかった」

エリンは居間に入って書き物机の引き出しを開けた。

「これがハリーの出生証明書よ」エリンは彼に書類を差し出した。〝父親の姓名〟の欄が空白になっている。「出生届を出すとき、子供の父親の名前がわからなくて、どんなにみじめな思いをしたかわかる？　わかっていたのは、その男がコルテスと名乗っていたことだけ。その男が自分の養父の実の息子だったなんて、どうしてわたしにわかるの？　あなたは朝になるのも待たずに姿を消した。妊娠がわかっても、連絡する手段さえなかった」

怒りがエリンの目の色を深海のような深く濃い青に変える。

「妊娠したあなたのお母様を捨てたと言って、あなたはラルフを責めるけれど、あなたのしたことはもっとひどい。あなたのほうからわたしに連絡を取るのは簡単だったはず。でも、連絡はいっさいなかった。一晩だけの遊びの相手だから、わたしの気持ちなんてどうでもよかったんでしょう。あのときわたしはバージンだった。そのことは、あなたも気づいていたはずなのに」

投げた小石が静かな水面にさざ波を立てるように、エリンの言葉は部屋の空気を波立たせた。数秒間の激しい動揺のあとで、コルテスの頭にタブロイド紙のさまざまな記事がよみがえった。

「ぼくにわかっているのは、きみが夢想家だということだけだ」コルテスの声は陰鬱だった。「それに、どうやら妄想癖もあるらしい。ぼくを寝室に誘いこみ、そのかわいい唇でぼくが欲しいと言っておきながら、実はバージンだったと？ それをぼくが信じると思っているのか？ ベッドサイドに避妊具を常備しておくのは確かに便利だ。だが、そうやって用意していたという事実が、きみに豊富な経験があったことを証明している」

コルテスは肩をすくめて続けた。

「きみが積極的に異性とつき合っていることを非難するつもりはない。だが、ぼくがダブルスタンダードを持っているという指摘は、きみの勘違いだ。だが、嘘は許せない。だから、あくまでDNA検査ではっきりさせることを要求する」

エリンの顔から血の気が引き、コルテスは彼女が気を失うのではないかと思った。いや、これもまた同情を引くための芝居なのかもしれない。

「前にも言ったように、あの夜のわたしの行動はドラッグの作用だったのよ」エリンの静かできっぱりとした口調は、コルテスを惑わせた。「知らないうちに飲み物に催淫ドラッグを入れられたせいで、思考も行動もコントロールできなかった」

コルテスの声に怒りがにじんだ。「ぼくがドラッグを入れたと言いたいのか?」

「いいえ。入れたのがあなたでないことはわかっている。でも、とにかく、あなたとベッドを共にしたのはドラッグのせいだったの」

「へえ」コルテスはからかうような笑みの下に怒りを隠した。「つまり、ドラッグをのまされていなければ、ぼくにキスしたいとは思わなかったということか? いま、きみはドラッグをのんでいないよな?」

エリンの顔に戸惑いが浮かんだ。「もちろんよ」

「では、きみの主張を検証してみよう」コルテスが手を伸ばすと、彼の意図に気づいたエリンの目が大きく見開かれた。だが、妙なことに彼女はコルテスの手を避けようとはしなかった。いや、コルテスの動きが速すぎて何もできなかっただけかもしれない。

あまりにも長いあいだエリンの甘い唇はコルテスの夢につきまとい、彼をひどく苦しめてきた。いまようやく、彼はまたその唇に触れた。理性が残っていれば、突き上げる欲望の激しさにきっと当惑したことだろう。だが、彼女の唇が開いてコルテスの舌を迎え入れた瞬間、彼の理性は吹き飛んだ。彼女の体から力が抜けていくのを感じ、勝利の喜びがこみ上げる。彼は、このすばらしい勝利を心ゆくまで味わおうと決めた。

　あまりにも長い日々だった——エリンの頭に浮かんだのはそれだけだった。あれから一年がたつが、ひそかに彼を思い、焦がれて過ごした孤独な日々は、あまりにも長く感じられた。いま彼はここにいる。あのときと同じ謎めいた危険な魅力を漂わせて。そんな彼に抵抗することはできない。唇がわずかに触れただけでエリンの体は溶けだし、キスが深くなるにつれ、全身が火のように燃え上がった。

　コルテスは彼女をさらに強く引き寄せた。彼の欲望のしるしがエリンの腿に触れる。彼女は爪先立ちになり、彼の下腹部に脚のつけ根を押しつけた。コルテスの舌が、官能的な喜びを約束するかのようにエリンの口のなかを蹂躙(じゅうりん)する。

　キスはいつまでも続き、エリンはこのひとときが終わらないよう願った。存在するのは、情熱と炎と焼けつくような欲望だけだ。彼女の。そして、彼の。コルテスがエリンのことをどう批判しようと、彼の欲望の大きさはその体がはっきりと証明していた。

　ふいにコルテスの手が離れた。何が起きたかわからない。エリンの血管がどくどくと音をたて、彼の整った顔に陰鬱な怒りが浮かぶのと同時に、ドア口から声が聞こえた。

「失礼しました」乳母が困惑のにじんだ声で言い、廊下に退いてドアを閉めた。

バーバラの登場は神の思し召しだわ、とエリンは心のなかでつぶやいた。コルテスが自分の正しさを証明するためにキスをしたことを思い出し、みじめな気持ちに襲われる。どうすることもできず、エリンはただ彼を見つめた。コルテスは魔術師で、彼女はその餌食になったかのように。

エリンはコルテスの非難の言葉を待った。ああ、彼のキスにあんなふうに反応してしまったのだから、色情狂と思われてもしかたがない。しかし、驚いたことに、コルテスのほうが先に目をそらした。あまりに情熱的なキスに、彼もエリンと同じくらいショックを受けているように見えた。

「DNA検査のために、いまからハリーを連れてロンドンに行く」唐突にコルテスは言った。「もう予約を入れておいた。検査後八時間以内に結果がわかるそうだ。準備にどれくらいかかる？」

コルテスが法廷に訴えるとまで言っている以上、ここで抵抗しても意味はない。けれど、命令すれば彼女がすぐそれに従うと信じこんでいる彼の態度に、エリンはひどく腹が立った。さっき一時間ほどうとうとしたが、まだ寝不足で、頭が痛い。寒気がするのは、きっと一晩中寒い葡萄畑で過ごしたせいだろう。腎臓の感染症が再発するかもしれないという不安を、エリンはなんとか振り払った。

「なぜそんなに検査を急ぐの？　三日前あなたはハリーの父親かもしれないという可能性さえ完全に否定したのよ。わたしはあなたに経済的な要求をするつもりはないと言ったでしょう。だから、あなたはさっさと立ち去ってあの夜のことは忘れてしまえばいいのよ。わたしも三日前にあなたに会うまではすっかり忘れていたわ」

「いまのキスの様子では、完全に忘れていたとは思えないな」皮肉な口調で言ったあと、コルテスの視線は書き物机の引き出しに向けられた。二冊のパスポートを見つけて手に取る。「ハリーを外国に連れていくつもりなのか？」

「友人のバージニアの結婚式で、ロードス島に招待されているの」エリンは顔をしかめて続けた。「誕生パーティのとき、わたしはあなたがバージニアの知り合いだとばかり思っていたのに」

コルテスはパスポートを二冊ともポケットに入れた。「ロンドンに持っていく。クリニックで証明書を書いてもらうとき、必要になるかもしれない。ところで、きみは兄さんの居場所を知っているか？」

パスポートを返してと言おうとしていたエリンは、彼の問いに動揺した。

コルテスが続ける。「日本支店の支店長から、ジャレクが予定の日を過ぎても仕事に戻らないという連絡が入った」

「きっと何か理由があるのよ」エリンは急いで言った。「飛行機が遅れているのかもしれない」どちらかと言えば、酒を飲んで大騒ぎしたあげく、ロンドンのペントハウスにこもっている可能性のほうが高いことはわかっていた。

だが、それをコルテスに話すつもりはなかった。とにかくロンドンに行って兄に会い、首になる前に分別をわきまえるよう、なんとか説得しなくてはならない。

「できるだけ早くDNA検査を受けるほうがよさそうね。一時間で用意するわ」

急に心変わりしたエリンにコルテスが不審の目を向けたが、幸い理由をきいてくることはなかった。

「三十分にしてくれ」彼はそれだけ言って、ドアに足を向けた。

まったく、これほど自己中心的な男に会ったのは初めてだわ。エリンは彼の顔から独りよがりの表情を引きはがしたい衝動に駆られたが、昨夜彼を平手打ちしようとしたときの脅しの言葉がよみがえった。悔しいことに、彼の膝にのせられてヒップをたたかれている場面が頭に浮かぶと同時に、脚のつけ根が熱くなって顔がほてりだした。

その感覚にエリンはぎょっとした。産後の回復にずいぶん時間がかかり、そのあとは夜も昼も赤ん坊の世話に追われて寝不足になり、セックスのことなど思いもしなかった。にもかかわらず、コルテスに再会したとたん、頭のなかは彼のことでいっぱいになっていた。

エリンはふと、コルテスが妙な表情でこちらを見ているのに気づき、胸中を読まれていませんようにと祈った。

「あなたは赤ん坊のことを何も知らないようね。小さな子供を連れて外出するときは、軍隊の装備一式くらいの持ち物を用意しなくてはならないのよ」

コルテスの黒い目がエリンを突き刺す。

「ぼくがカックメア館に来てから、きみが息子の世話をするところは一度も見ていない。刺激的な社交生活に比べれば、母親業は退屈なんだろう。ハリーの世話はほとんど乳母に任せっぱなしじゃないか」

四十五分後、エリンはロンドンに向かう車のなかで、コルテスの言葉にまだ腹を立てていた。彼女はひたすら冷ややかな沈黙を守り続けた。一方、コルテスは運転しながら何か考え事をしているようだった。ベビーシートのハリーと一緒に後部座席に座った乳母が何度か会話をしようと試みたが、結局、あきらめてしまった。

エリンはジャレクに会いに行くときのことを考えてバーバラに同行を頼んだのだが、ほっとしたことにジャレクから日本に向かう飛行機に乗ったというメールが届いた。これで少なくとも心配事は一つ減った。エリンはバーバラに、午後はグリニッジに住む娘に会いに行ってはどうかと勧めた。コルテスは郊外の地下鉄の駅でバーバラを下ろしてから、ロンドン中心部のクリニックに向かった。

検体の採取はすぐに終わり、車はケンジントンの屋敷に向かった。結果がわかるまでロンドンで一晩過ごすと、コルテスが主張したのだ。

屋敷に足を踏み入れると、エリンは一年前の誕生日の記憶にのみこまれた。ハリーをのせたベビーキャリアを運ぶコルテスを、痛いほど意識せずにはいられなかった。キスの名残でまだ唇がひりひりしている。舐(な)めると、彼の味がした。

コルテスがノートパソコンを出して少し仕事をすると告げたとき、エリンはほっとした。頭がずきずきしていたし、いつもは穏やかなハリーがこの日の午後はずっとむずかっていて泣きやもうとしなかった。ぐずる赤ん坊を抱いて子供部屋を歩きまわっているうちに、わたしはコルテスの言うとおり悪い母親なのかもしれないという気がしてきた。

「なぜ泣きやまない？」キッチンに入ってきたコルテスが尋ねた。エリンは泣きやまないハリーを片腕で抱いたままミルクを作ろうと奮闘していた。「病気なのか？」

「ちょっと癇癪を起こしているだけよ。赤ん坊にとっては、泣くことが唯一のコミュニケーション手段なの」エリンはそっけなく答えた。ミルクを飲ませようとしても、ハリーがいやがるため、彼女の緊張はいちだんと増した。

「母乳で育てないのか？」コルテスがきいた。

「できなかったのよ」そのことでもエリンは良心の痛みを覚えていたが、いまは出産直後の状況を説明する気分ではなかった。

そこで、エリンは皮肉たっぷりに言った。

「あなたが育児に詳しいなんて知らなかったわ。ハリーが生まれたときそばにいて助けてもらえなかったのが、つくづく残念だわ」

ほっとしたことに、ようやくハリーが泣きやんでミルクを飲み始めた。哺乳瓶が空になると、エリンはベビーベッドに赤ん坊を寝かせた。頭痛はますますひどくなり、背中の下部も痛みだし、熱も出てきた。サセックス州の主治医に電話をすると、やはり腎臓感染症が再発した疑いが強いから、以前と同じ抗生剤をのむようにと指示された。

幸い、抗生剤は持ってきていた。エリンは

抗生剤と強い鎮痛剤をのむ用意をしてから、乳母の携帯電話に電話をかけた。

「すぐお医者様の指示どおり薬をのんでください」バーバラは言った。「わたしもすぐここを出ます。ハリーがお昼寝から目を覚ますころにはそちらに着けるでしょう」

寒気がして体が震えたが、鏡を見ると顔は真っ赤で汗がにじんでいた。でも、きっと強い抗生剤が感染症の悪化を止めてくれるはずだ。薬を服用するとすぐ、エリンは着替えもせずにベッドに入り、羽根布団にくるまった。

かつて感染症を患ったときは、病気と同じくらい抗生剤の副作用で苦しんだ。

うなされながら、途切れがちの眠りに落ちていく。いまこのときは体がひどく熱っぽいと思うと、次の瞬間には凍えるように寒くなり、エリンは何度も寝返りを打った。恐ろしい幻覚に次々と襲われる。どこか遠くでハリーが泣いている。行かなくては。でも、手足がひどく重く、思うように動かない。男性に低い声で話しかけられたような気がしたが、何を言っているか理解できなかった。

やがて力強い腕に抱え上げられたような感覚があったが、夢だったのだろう。それを最後に、エリンの意識は闇に閉ざされた。

6

　コルテスはソーンダーソン銀行の財務報告書に意識を集中しようとしたが、三度読んでも何一つ頭に入らなかった。絶対に成功するという決意を胸に優秀な成績で大学を卒業して以来、彼の人生は仕事を中心に回っていた。一流銀行の頭取という地位は、母の小さな葡萄園で葡萄を摘む生活からずいぶん遠いところまで到達したことのあかしだった。なのに、いまはDNA検査のことで頭がいっぱいで、テーブルをいらだたしげに指でたたき、何度も腕時計を見ずにはいられなかった。

　電話が鳴り、表示された番号でクリニックからだと確認すると、コルテスは大きく深呼吸をしてから電話に出た。数分後、彼は震える手で顔をこすった。

　ああ、神様(サンタ・マードレ)！　ぼくには子供がいる。

　二つの感情が、コルテスのなかでせめぎ合った。すばらしい息子ができたことへの歓喜。そして、子供の母親への怒り。エリンはハリーの誕生日のことで嘘をついた。もしぼくがDNA検査を主張しなければ、エリンは赤ん坊を連れて姿を消し、ぼくは自分に息子がいることをずっと知らないままだったに違いない。

コルテスはふらつく足で立ち上がった。一滴の酒も飲んでいないのに、酔っぱらっているような気分だった。ショックのせいだ。ハリーの黒い髪と黒い目を見たとき、あの子が自分の息子かもしれないとは考えた。だが、これほどの感動を覚えるとは予想していなかった。息子の顔を見ずにはいられなくなり、コルテスは足早に階段をのぼった。ハリーの泣き声が聞こえ、息子を守りたいという本能的な思いが湧き上がる。

泣き声をたどって子供部屋にたどり着いたが、驚いたことにエリンの姿はなかった。ベビーベッドに近づき、真っ赤な顔で泣いている赤ん坊を見下ろすと、コルテスは胸を締めつけられた。小さな赤ん坊からこれほど大きな声が出るとは信じがたい気がした。なのに、母親はまだ姿を見せない。

隣室との境のドアを開けてみると、そこは一年前に彼とエリンが一夜を過ごした寝室だった。深紅のシルクのドレスを着た彼女の姿がコルテスの脳裏に浮かぶ。あのときは催淫ドラッグをのまされていたというエリンの主張をどう考えればいいのか、彼にはわからなかった。今日キスをしたとき、二人のあいだに官能的な化学反応が起きたことは紛れもない事実だった。

ベッドサイドの照明がともっているだけで、

寝室は薄暗かった。天井の明かりをつけたコルテスは、羽根布団からのぞいている金髪の頭を見て顔をしかめた。「エリン？」返事はなかった。コルテスが上掛けをめくると、エリンが目を開け、ぼうっと彼を見つめた。肌は青ざめ、汗のつぶが浮かんでいる。「赤ん坊が泣いているぞ」

するとエリンが何かつぶやき、体を丸めて上掛けのなかに潜りこんだ。コルテスは赤ん坊が心配でたまらなかった。

「ハリーはおなかがすいているのか？　おい、あの子の世話をしてやれ」

聞こえていないのか、聞こえても気に留めていないのか、エリンはまた目を閉じてしまった。そう言えば、彼女が気張らしにドラッグを使用しているのではないかという憶測がメディアをにぎわせていた。タブロイド紙には、半分意識を失った状態でナイトクラブから運び出される彼女の写真も載っていた。違法なドラッグのせいで、赤ん坊の世話ができなくなっているのか？

コルテスは子供部屋に戻り、ためらった。生まれて初めて不安で胸がどきどきしていた。これまで小さな赤ん坊に触れた経験はない。ハリーは繊細な壊れもののように見える。彼は大きく息を吸い、手を伸ばしてハリーを抱き上げた。すぐ赤ん坊の泣き声が小さくなり、小さくしゃくり上げるような声に変わって、コルテスの胸を打った。

「よしよし」声をかけながら抱きしめると、ハリーは長いまつげに縁取られた黒い目でじっとコルテスを見つめた。なんてかわいいのだろう。キューピッドの弓のような唇でほほ笑むのを見て、胸がつまった。「おまえはぼくの息子なんだな」感に堪えない声でつぶやく。ぼくはハリーの父親だ。ラルフのように自分の子供を捨てるようなまねはけっしてしない。かわいらしい息子にすっかり魅了され、いとおしさが胸からあふれ出しそうな気がした。「命を賭けておまえを守るよ」彼はささやいた。

物音が聞こえ、エリンだと思って振り向くと、ドア口に乳母が立っていた。「ミス・レノックス」

「もっと早く着くはずだったのですが、地下鉄が遅れていて」彼女は言った。

コルテスは腕のなかの赤ん坊に視線を戻した。「ハリーはぼくの息子なんだ」

「まあ、やっぱり」乳母は朗らかに言った。「髪と目の色がそっくりですものね」

「エリンは眠っていて、赤ん坊が泣いても聞こえないようなんだ。なんだか、ひどくぼうっとしていて……」

乳母は驚いた様子もなくうなずいた。「ときどきあるんです。たぶん一日か二日で回復すると思います」

ハリーを抱くコルテスの腕に、本能的に力がこもった。やはりタブロイド紙の推測は正しかったのだ。赤ん坊の世話をするにはふさわしくない母親から、この子を守らなくては。まずハリーのイギリスでの出生証明書の父親の欄にぼくの名を登録しよう。そして、もっとだいじなのは、スペインでも出生届を出すことだ。これからはそこがハリーの暮らす国になるのだから。だが、それにはエリンの同意が必要になる。

コルテスは乳母にハリーを渡した。まず手順を整えることが肝心だ。

「ミス・レノックス……」コルテスはほほ笑み、精いっぱい愛想のいい口調で呼びかけた。「これからバーバラと呼んでもいいかな？　きみはぼくがハリーの父親だと察していたし、ぼくたちがカックメア館で仲直りしたことも気づいていると思う」

彼の言葉で二人がキスをしている場面に遭遇したことを思い出したらしく、乳母は戸惑いの表情を浮かべた。「よろしゅうございました。ハリーのためにも、ご両親がそろうのはとてもいいことです」

バーバラの誤解を、彼は解こうとはしなかった。「ぼくたちは二人でスペインに行くつもりだ。ロンドンに来る前に、エリンはぼくに彼女とハリーのパスポートを預けた」嘘ではない。事実を少し修正しただけだ。「ただ少しわけがあり、予定より早くスペインに戻らなくてはならなくなった。今夜どうしても向こうで緊急の仕事があるんだ。わかってもらえると思うが、ぼくは息子とエリンをイギリスに残していきたくない。なにしろやっと再会したばかりだからね」

コルテスは自分とエリンは恋愛関係にあったというふりを続けた。

「急すぎることはわかっているが」彼はまたにこやかな笑みを浮かべてバーバラを見つめた。「きみもスペインに同行してもらえないだろうか？　エリンはプライベートジェットの機内で休めるし、ぼくは不慣れな父親だから、きみにハリーの世話を頼みたい。きみのパスポートが必要だが……」

「パスポートはいつも持っています。もちろん、喜んでお手伝いさせていただきます。エリン様とハリーの荷物を用意しましょうか、ミスター・ラモス？」

「ありがとう、頼むよ。それと、バーバラ、ぼくのことはコルテスと呼んでくれ」息子の監護権を手に入れるためには、慣れた乳母の存在が重要な役割を果たすはずだ。コルテスは熟練した戦略家であり、敵陣のなかに味方を作ることの有効性をよく承知していた。

「ハリー」はっと上半身を起こしたエリンは、怖い夢を見ていたのだと気づいて震える息を吐いた。夢のなかで彼女は長い廊下の向こうにあるハリーのベビーベッドに向かって必死に走った。しかし、なかは空っぽだったのだ。

まだ動揺がおさまらないまま、エリンは寝室を見まわした。時間の感覚がなくなっている。昨日か、あるいは一昨日、目覚めたとき、やっと熱が下がり、ドリルで頭を突き刺されるような痛みも消えていた。だが、見慣れない部屋に寝かされているのに気づいて、つかの間の安堵は驚愕に変わった。そして、バーバラから、ここはアンダルシアのコルテスの家だと教えられたのだ。

乳母の説明によると、コルテスのプライベートジェット機でスペインに来たのだという。彼が機内のベッドにエリンを運び、フライト中、彼女は深い眠りについていた。ヘレスの空港からこのジャスミン邸までは車で来たということだった。

「コルテス様は至急スペインに戻る用事ができたのですが、あなたとハリーから離れたくなかったようです」乳母は言った。「お二人が仲直りできて、本当によかったと思います。コルテス様はハリーに夢中ですよ。どうしても自分でミルクを飲ませるとおっしゃるし、おむつの替え方まで覚えたんです」

エリンはバーバラが罪悪感を覚えずにすむよう、怒りを押し隠した。コルテスは乳母をうまく言いくるめ、エリンとハリーを誘拐する手助けをさせたのだ。

彼女はまだコルテスと顔を合わせていなかった。バーバラの話では、何度かこの部屋に来たらしいが、不調が続いていたエリンは気づかなかったという。

ベッドを出て隣の続き部屋に向かいながら、エリンの胸は不安でいっぱいだった。続き部屋はもともと衣装部屋だったらしいが、コルテスの指示で子供部屋に改装されたという。ふんだんに費用をかけたらしく、ハリーはすばらしい手彫りのベビーベッドで眠っていた。エリンは巨大な揺り木馬のそばを通り過ぎ、足早にベビーベッドに近づいた。

一瞬エリンの心臓が止まった。ベッドのなかは空だった。悪夢がよみがえる。背後から乳母が赤ん坊の服の山を持って入ってきた。エリンは飛びつかんばかりの勢いで乳母に尋ねた。「ハリーはどこ？」

「コルテス様が階下に連れていかれました。仕事中もずっとハリーのそばにいられるようにと、乳母車を書斎に置いていらっしゃるんです」バーバラは観察するようにじっとエリンを見た。「あなたのお加減がだいぶよくなったとコルテス様に申し上げましたら、伝言を頼まれました。十一時に書斎でお会いしたいそうです」

エリンはいますぐにでも息子に会いに行きたかった。寝こんでいたのは一週間だが、最後にハリーを腕に抱いて赤ん坊らしいにおいを吸いこんでからもうずいぶん長い時間がたった気がする。でも、寝間着のままでコルテスの屋敷のなかを歩きまわることはできないとわかっていた。一時間後に彼と顔を合わせるときは、穏やかで落ち着いた態度を保つ必要がある。そう思いながらも、コルテスがこういう行動に出たのはＤＮＡ検査の結果を聞いたからだと思うと、エリンの心はどうしようもなく波立った。

だいぶ回復したとはいえ、シャワーを浴びて着替えをするだけでも、かなり疲れた。着替えの服を詰めてくれたバーバラには感謝したが、不運なことにバージニアの結婚式で着るために買った服は、どれも水辺のパーティ用のもので、スカート丈は短くトップスは最小限で、いつも着ている服に比べるとひどく大胆だった。

少なくとも袖があるということで水色のシフォンのワンピースを選んだが、最後に鏡でチェックしたとき、布地がほぼ透けていることに気づいてエリンはうろたえた。しかし、着替える間もなくメイドが迎えに来たので、コルテスはわたしの服など気にしないはずだ、と自分に言い聞かせた。コルテスは一度だけわたしとベッドを共にし、その後さっさと立ち去った。彼にとってわたしは数多くの女のなかの一人にすぎない。

メイドに案内されて邸内を歩きながら、エリンはその設計と内装のすばらしさに感嘆せずにはいられなかった。白い大理石の床とくすんだ灰色の壁はともすれば冷たい感じを与えるが、柄入りのラグと明るい色のクッションと工芸品が、優美さのなかに遊び心と親しみやすさを醸しだしている。書斎に入ると同時に、エリンの目は大きくて豪奢(ごうしゃ)な乳母車に引きつけられた。そして小さな声をあげ、走りだした。息子を抱きしめたくてたまらなかった。

「ハリーはいま眠ったばかりだ。そっとしておいてやれ」

威圧的な声に、エリンの足が止まった。振り向くと、コルテスがデスクに寄りかかって立っていた。すばらしい仕立てのグレーのスーツと糊(のり)のきいた白いシャツ、濃いグレーのネクタイ。彼の堅苦しい格好を見ると、エリンは自分の軽装を意識せずにはいられなかった。視線を彼の顔に向けたとたん、その骨格の完璧さに心臓が跳ねた。彼の唇は見るからに皮肉っぽく片端が上がっていたものの、言葉が放たれる気配はない。悔しいことに、エリンの全身を震えが走った。

　彼を意識してしまう自分を守るために、エリンは怒りをかきたてた。「わたしの承諾なしに、息子とわたしをスペインに連れてくる権利はあなたにはないはずよ」

「きみは承諾もできるような状態ではなかった」コルテスが冷静に返した。「それに、きみは忘れているようだが、ハリーはぼくの息子でもある」

エリンはすやすや眠っている息子にせつなげな目を向けてから、つかつかとデスクに歩み寄った。怯(おび)えていると思われたくなかった。

「わたしの人生で最も恥ずべき夜にハリーを妊娠したことは、忘れたくても忘れられないわ」

そう言ったあとで、ふいにエリンは気づいた。窓のそばに、白髪頭といかめしい顔つきをした年配の男性が立っている。彼女の胸に警戒と不安が渦巻いた。

「セニョール・フェルナンデスを紹介しよう。家庭問題が専門の弁護士で、とくに両親が子供の監護権を争うケースに詳しい」

監護権！　脚から力が抜け、気が遠くなりそうだったが、エリンは断固として踏ん張った。「争いなんか何もないわ」力強い声が出て、エリンはほっとした。「わたしはすぐハリーをイギリスに連れて帰ります。養育費を請求するつもりがないことは、もう言ったでしょう」

「ハリーがきみと一緒にイギリスで暮らすことはありえない。ラルフの残した廃屋同然の別荘に息子を住まわせるなど、ぼくは断じて許さない」

「わたしを囚人のようにここに閉じこめておくことはできないはずよ」エリンとハリーのパスポートを彼が持っていることを思い出し、彼女はうろたえた。

「囚人ではなく、客という言葉を使ってほしいものだな。きみはいつでも好きなときに出ていけばいい」

彼の意味するところは明白だった。エリンは出ていってもいいが、息子を連れていくことは許さない……。エリンはハリーを抱いて駆けだしたい衝動に駆られたが、かろうじて理性がそれを押しとどめた。

「座れ」コルテスが命じた。

緊張に胸を締めつけられながら、エリンは彼が引いた椅子に座った。弁護士も座るのを待ってから、コルテスはデスクの後ろの椅子に腰を落ち着けた。

「セニョール・フェルナンデスが書類を用意してくれた」

彼の声は氷のように冷たかった。書類を読み進めるにつれて、エリンの鼓動が痛いほど速くなった。

「いったいこれは何？」読み終えると、彼女はかすれた声できいた。

コルテスが黒い眉を上げた。「はっきりしているだろう。きみにカックメアを渡す。屋敷も土地もすべて。葡萄園もワイナリーも。あの土地の現在の価値はおよそ二千五百万ポンドだ。さらに、ぼくから現金一千万ポンドを提供する。投資するなり、屋敷と土地の維持費用に使うなり、好きにすればいい。仮にきみがカックメアを売ることに決めても、一千万ポンドは受け取ることができる」

コルテスはなめらかな口調で続けた。

「条件は、ハリーの監護権をぼく一人のものにするという書類にきみがサインをすることだ。今後いっさい異議を唱えないという法的拘束力のある書類にも、同時にサインしてもらう」エリンが息をのむ音にも、彼はなんの反応も示さなかった。「サインと同時に、書類の効力は発生する。きみはぼくのプライベートジェットでイギリスに戻ればいい」

「冗談を言っているのね？」エリンは乾いた唇を舌先で湿した。コルテスの目が細くなるのがわかる。本気のはずはない。きっと彼はひねくれたユーモアのセンスの持ち主なのだろう。「こんなばかげた提案にわたしが応じると、本気で思っているわけじゃないでしょうね」

弁護士が口を開いた。「セニョール・ラモスの提案は非常に寛大なものです。裁判に訴えても、あなたがこれ以上のものを手に入れることはできません」

コルテスが椅子の背にもたれて険しい視線をエリンに向けた。「ほかに何か望みがあるのか？」

「ええ、あるわ」落ち着いた声を出せた自分が、エリンは誇らしかった。だが、胸のなかは沸き立つ怒りでいっぱいだった。「あなたを地獄に突き落としてやりたい」

いまにも自制心が切れそうだった。目の奥がつんとしたが、涙を見せてコルテスを満足させるのはまっぴらだ。エリンは持っていた書類を静かに二つに引き裂いた。そして四つに、さらに八つに引き裂く。抑えつけた激情で、手が引きつった。

「何を言っても無駄よ。世界中の富を集めても、わたしから息子を引き離すことはできない。とりわけ……」激しい嫌悪に声が鋭くなる。「とりわけ、女性を汚物のように扱うあなたみたいな男には絶対に渡さない。ラルフがあなたを相続人に指名しなければ、あなたはカックメア館に来ることもなく、自分に息子がいることも知らなかった。ハリーは父親が誰なのか知らないまま大きくなっていたでしょうね」

エリンは立ち上がって震える息を吸いこんだ。

「欲望を満たすためだけに、あなたはわたしを娼婦（しょうふ）のように扱った。わたしが妊娠したかどうか気にかけもしなかったあなたが、どうやっていい父親になれるというの？」

「もういい（バスタンテ）！　充分だ」

コルテスがはじかれたように椅子から立ち

上がり、彼女をにらみつけた。そしてスペイン語で弁護士に何か言うと、弁護士はそそくさと退出した。

「きみに母親としての適性がないことは歴然としているのに、よくもずうずうしくぼくの父親としての適性を疑うようなことを言えるものだな」コルテスの整った顔にはっきりとした嫌悪の色が浮かんだ。「これだけ公正なぼくの提案を拒否するなら、ぼくは監護権を得るために法的手段に訴える」

「三カ月の赤ん坊を母親から引き離すような裁判所はどこにもないわ」エリンは鋭く言い返したが、胸は不安に波立っていた。コルテスは金に物を言わせて最高の弁護士を雇うだろう。だが、エリンには何もなかった。唯一相続した壊れかけの別荘の修繕費用さえない。

「法廷は、ドラッグを使っていることで有名な人間に赤ん坊を渡しはしない」エリンが息をのんだことに、彼は気づかなかった。「すでに中毒なのか、いまのところ使用をコントロールできているのかは知らない。だが、いずれ中毒になる可能性は高い。どんな判事もきみにハリーを渡す危険を冒しはしないさ。もちろん、ぼくも」

「わたしはドラッグ中毒じゃないわ」声が甲高くなるのがわかり、エリンは必死に自分を抑えようとした。コルテスはわたしが精神的に不安定だと主張したいのだ。「わたしは合法であれ違法であれ、どんなドラッグも使ったことはない。たった一度、誕生日パーティの夜にこっそり飲み物に入れられたときを除いては」

「確かな筋からの情報で、ぼくはきみがドラッグを使っているという結論に達した。きみの奔放な生活のことは、メディアにもしょっちゅう取り上げられていた」

「タブロイド紙の記事なんて、半分以上は作り話よ」

コルテスは皮肉な目を彼女に向けた。「ナイトクラブからふらつきながら出てくる写真が何枚も載っていたが、あれも全部嘘だと言い張るのか？」

「いいえ。でも……」

「サッカーのスター選手やセレブたちとのつき合いも本当じゃないというなら、なぜ新聞社に抗議しなかったんだ？」

「あれは……」と言いかけて、エリンは唇を噛んだ。パパラッチの注意を兄からそらすためにわざとやっていた、と告白することはできない。ローナ・ソーンダーソンの死後、ジャレクが酒とギャンブルと女に明け暮れる日々を過ごしていたと知れば、コルテスは兄を解雇するかもしれない。

「記事が本当だから、きみは訴訟を起こせなかったんだろう」彼の声は陰鬱だった。目が黒曜石のようにきらめく。「児童心理学者に相談したが、生後三カ月の赤ん坊と母親のあいだになんらかの絆（きずな）ができている可能性はないと言われた。いまきみから引き離されても、ハリーの人格に悪影響はないそうだ」

「いいえ、絆はあるわ」エリンの喉がつまった。「わたしは母親なのよ。九カ月間あの子をおなかのなかで育てた。そのあいだ、父親のあなたはいったいどこにいたの？」

怒りが絶望に変わっていく。彼女は喉にこみ上げた塊を必死にのみ下した。

「恥ずべき一夜の結果として妊娠したことに、初めはショックを受けたわ。一人でその事実に立ち向かうのが怖かった。出産準備教室で一緒だった妊婦はみんな夫か恋人と一緒だったけれど、わたしは赤ん坊の父親は仕事で外国にいると嘘をつかざるをえなかった。父親がどこの誰とも知れないなんて、とても言えなかった」

エリンは再び唇を噛んだ。

「わたしには両親の記憶がないの。兄が六歳、わたしがまだ赤ん坊のときに養護施設に入れられたから。兄がいた分、わたしはほかの子より幸運だったと思う。兄がわたしの面倒を見てくれた。わたしのいちばん古い記憶は恐怖と混乱よ。施設はサラエボにあった。ボスニア戦争で町が爆撃されたとき、大勢のスタッフが死に、残ったスタッフは子供たちを見捨てて逃げ出したわ」

　長い距離を走り続けたみたいに、エリンの呼吸が荒くなった。

「捨てられるということがどういうことか、わたしはよく知っているの。わたしは絶対に、絶対に子供を見捨てはしない。あなたの非難――とりわけドラッグを使っているという非難は事実じゃないわ。わたしにとって、ハリーは命よりも大切な存在なの。あの子を傷つけたり危険にさらしたりする可能性のあることは絶対にしない」

　ハリーが身動きし、かすかな泣き声をあげた。エリンはいとしさで胸がいっぱいになるのを感じながら、駆け寄ってハリーを抱き上げ、柔らかな頬に優しく唇を押しつけた。

「おはよう、わたしの天使」エリンがささやくと、小さな息子は眠たげにほほ笑んで母親を見上げた。胸に喜びがこみ上げる。

　振り向くと、コルテスが緊張した面持ちでそばに立っていた。まるでエリンが赤ん坊を落とすのではないかと心配しているように見え、ひどく腹立たしかった。

「妊娠したとわかったとき、なぜ産もうと決めたんだ？」

　ハリーのまつげに見とれていたエリンは、コルテスの言葉にもうわの空だった。「どういう意味？」

「赤ん坊を産まないという選択肢は考えなかったのか？」

やっと彼の言いたいことに気づいたエリンは、ぎょっとして彼の顔を見た。吐き気がする。「なんてことを！　そんなことができると思っているの？　なぜわたしがそこまでひどい非難を浴びなくてはいけないの？　お金で子供を売り渡せと言われたときにはこれ以上ひどい非難はないと思ったけれど、間違いだったようね」

コルテスの目がきらりと光った。「別に不当な質問ではないだろう。さっききみは、一人で出産という事態に立ち向かうのが怖かったと言った」

エリンはかぶりを振った。「わたしの体内で奇跡が起きたと知ったときから、わたしは赤ん坊を愛した。超音波検査で男の子だろうと言われたとき、父親のいない子になると思って悲しかったわ。幼いときの経験で、子供は両親に守られて成長するのがいちばんだとわかっていたから。子供に必要なのは、愛されているという感覚なの。それ以上にだいじなことなんて一つもないわ」

彼女はくるりと振り向き、ハリーをしっかり抱いてドアに向かった。

「もう一つ教えてあげるわ」彼女は再び振り向くと、嫌悪感でいっぱいの目で彼を見た。

コルテスは、〝ひどく驚いた〟としか言いようのない表情を浮かべていた。鋭角な骨格の上で、皮膚がぴんと張りつめている。一年前初めて彼を見たとき、エリンは狼(おおかみ)を思い浮かべた。あのとき、本能の命令に従ってさっさと逃げ出すべきだったのだ。

「財産があるからといって、あなたがいい父親になるという保証はないわ。息子をお金で買うことはできない。ハリーに必要なのはいつもそばにいてくれる父親よ。でも、この子が生まれたあと、わたしが集中治療室に入っていたとき、あなたはいなかった」エリンの声が震えた。「ありがたいことに、兄が病院の新生児室で何時間も息子と一緒にいてくれた。もちろん看護師がちゃんとハリーの世話をしてくれたけれど、両親のどちらもあの子のそばにはいなかった。施設にいたときのわたしと同じで」

コルテスの顔がゆがむ。「なぜきみは集中治療室にいたんだ？」

「出産直後に大量出血したからよ」

エリンの喉がごくりと鳴った。ハリーが生まれてからまだ三カ月半しかたっていない。息子が生まれた歓喜がホラー映画の一シーンのように変わっていく――その記憶はあまりにも鮮明だった。

「そのまま死んでしまうんじゃないかと思ったわ。すぐ手術室に運ばれて全身麻酔をかけられてからは何も覚えていない。でも、あとで、緊急手術を受けて輸血されたと聞いた。それでも出血が止まらなければ、子宮を摘出していたそうよ。でも、幸運なことにお医者様の尽力で、わたしはいつかまた子供を産むチャンスを残してもらった」

エリンは赤ん坊を見下ろし、まばたきで涙を振り払った。もう少しでこの子が父親も母親もいない子になるところだったと思うたびに、涙ぐんでしまうのだ。

「兄は、万一のときはこの子を養子にしていたって言ってくれた。でも、ハリーが本当に父親を必要としていたとき、あなたはいなかった。だから、わたしに母親の資格がないなんて、あなたに言われたくない。わたしはこの子のために生きようと頑張った。そして、この子を守るためなら、命をかけて闘うわ」

7

コルテスは窓辺に立ち、ハリーを抱いて芝生を横切っていくエリンを見つめた。

思いがけない話を聞いて呆然とする彼を残し、エリンは書斎から出ていった。

彼女が出産後に大量出血で死んでいたかもしれないと思うと体が冷たくなり、コルテスは罪悪感に胸を締めつけられた。もしエリンが死んでいたら、彼は自分に息子がいることを一生知らないままだったに違いない。

プールのそばにある東屋（あずまや）が日陰を作っている。まだ三月だが、真昼の日差しはずいぶん強い。エリンが椅子に座って赤ん坊の顔を自分の肩にもたせかけた。離れていても、息子をあやす彼女の顔に優しい表情が浮かんでいるのがわかる。

彼女はまさに子供を守る雌ライオンだ。

数分前にエリンから投げつけられた激しい言葉がコルテスの頭のなかでこだましていた。

〝わたしはこの子のために生きようと頑張ってた。そして、この子を守るためなら、命をかけて闘うわ〟

コルテスは息子を守ろうと闘ったもう一人の女性のことを思った。彼の母は、父親からの援助を受けずに一人で息子を育てた。未婚の母となったマリソル・ラモスは、自分の家族からも村人からも拒絶された。そして、来る日も来る日も小さな葡萄園（ぶどうえん）で働き、息子の衣食を賄うための金を稼いだ。

最近カックメア館でラルフの個人的な書類を整理していたコルテスは、ラルフが妊娠した母親にまとまった金額を渡したことを示す銀行の古い口座収支報告書を見つけた。だが、マリソルはその金には手をつけなかった。その唯一の理由は、コルテスの大学資金に取っておいたということしか思い当たらなかった。

教育を受けたおかげで、コルテスは貧しさから抜け出すことができた。つまり、彼の成功の一部には、ラルフの寄与があったことになる。完全に父親に見捨てられていたわけではなかったと知り、コルテスは愕然とした。ぼくは完全にエリンを捨て去ったのに……。罪悪感が彼の胸を切り裂いた。

だが、もしエリンが主張するとおりハリーを心から愛しているなら、なぜ彼女はドラッグを使用するんだ？　ドラッグ中毒ではないと彼女は猛烈な勢いで否定した。タブロイド紙の記事はだいぶ誇張されている可能性もある。だが、エリンが赤ん坊の世話ができなくなったとき、乳母はそれほど驚いた様子を見せなかった。スペインへのフライトのあいだ半ば意識がなかったのは何かのドラッグのせいだと思っていたが、そうではなかったのだろうか？　幼い息子のために、エリンの本当の姿を知る必要がある。まず乳母と話してみなくては。

バーバラは子供部屋にいて、コルテスの注文で届いたばかりのベビー服や玩具の梱包を解いていた。

「これをひととおりハリーに着せるには、一日に二着ずつ着せないといけませんね。すぐ大きくなって着られなくなってしまいますから」かわいいセーラー服の上下を引き出しに入れながら、乳母は言った。

「余分な仕事をさせてしまってすまない」床にちらばった箱に目をやり、コルテスは言った。木製の汽車セットを見ながら、あとどれくらいでハリーはおもちゃに興味を持つようになるだろうと考える。コルテスはハリーの成長をずっと見続けていたかった。最初の一歩を踏み出すとき、最初の言葉を発するとき、コルテスは絶対その場にいようと心に決めていた。ハリーは父親の愛情を疑うことなく成長していくだろう。必ずそうしてみせる。

「何かやることがあったほうがいいんです。たいして働きもせずにお給料をいただくのは申し訳ない気がするので」

「赤ん坊の世話をするのは大変な仕事だろう」

「そうですね。でも、エリン様はいつもハリーの世話は全部ご自分でやるとおっしゃるんです。夜泣きがひどかった時期にも、すぐ世話ができるようにとご自分のベッドの横にベビーベッドを置いていらっしゃったんですよ。ただ出産直後の大出血のせいでとてもお体が弱っていたので、お兄様がわたしを雇ったんです。そのあと体力が戻りかけたときに、ひどい腎臓感染症にかかってしまいました。先日もその感染症がぶり返して寝こんでしまわれて……。あれが最後になるといいのですが。感染症のお薬はとても強いお薬なので副作用もひどく、いつもエリン様は寝こんでしまうんです」

全身に緊張が走ったものの、コルテスはで

きるだけさりげなく尋ねた。「具体的にはどんな薬？」

「ペニシリン――細菌を殺す抗生剤です。副作用がひどいので、結局ハリーに母乳をあげることもできなかったんです」

コルテスは呆然と乳母を見つめた。「エリンが気晴らしにドラッグを使っている気配はないか？　たとえば、コカインとか。タブロイド紙には、エリンがナイトクラブで流行のドラッグ常習者だと書いてあったが」

彼の言葉に、乳母は驚いた表情を浮かべた。

「冗談でしょう。あんな新聞を信用しないでください。去年は、たまたま同時にナイトクラブから出るところを写真に撮られたというだけで、エリン様が妻子持ちの俳優と不倫をしているという記事まで出たんですよ。話をしたこともない相手だというのに。わたしはエリン様にドラッグの気配を感じたこともないし、そんなこと信じられません。エリン様ほど愛情にあふれた母親はいませんよ。少しでもハリーの害になりそうなことは絶対になさらないはずです」

「よくわかった」コルテスはゆっくりと言った。どうやらぼくの判断は間違っていたらしい。しかも、これが初めてではない、と彼の良心が告げていた。エリンが赤ん坊の父親はぼくだと言っても、ぼくはDNA検査の結果を見るまで信用しなかった。

だが、彼女がドラッグ常習者ではなく、乳母の言うとおりのいい母親だとしたら、ぼくが裁判で監護権を勝ち取る可能性はほとんどなくなってしまう。エリンはカックメア館の所有権も拒否した。あの屋敷が大好きなはずなのに。あの土地とぼくの提案した金額を合計すると三千五百万ポンドになる。必ずや心を引かれると思っていたのに、エリンは躊躇なく拒絶し、ぼくに向かって金で息子を買うことはできないと言い放った。

とはいえ、彼女のハリーへの愛情が本物だと信じていいのか？　アランドラとの一件以来、ぼくはどんな女も信用しないと誓った。だが、エリンはぼくの息子の母親だ。これから二人がそれぞれ親として息子の人生に関わっていく方法を、なんとしても見つける必要がある。

エリンは書斎のぴりぴりした空気から逃れ、安らぎを求めて庭に出た。だが、やがてハリーがミルクを欲しがってぐずりだしたので家に戻ると、あいにく玄関ホールでコルテスに出くわした。頭のなかで子供を手放せばカックメア館を渡すという彼の冷たい声がよみがえり、嫌悪が彼女の背筋を走り抜けた。近づいてくるコルテスを見て、今度はどんなひどい言葉を投げつけられるのだろうと胸が不安でいっぱいになる。その不安が表情に出たらしく、コルテスが顔をしかめた。

「そんなに怖がるな。ぼくはきみを傷つけるつもりはない」

「そう？　お金と引き替えにこの子を渡せと言われたことに、わたしが傷ついていないと思っているの？」

　その問いには答えなかったが、コルテスの黒い目には後悔にも似たなんらかの感情が宿っていた。でも、コルテス・ラモスの心は石でできているのだから、そんなはずはない。

「仕事でマドリードに行かなくてはならない。一泊か二泊することになると思う。これは、ハリーのことがわかる前から予定されていた出張だ。戻ったら、ぼくたちの息子のために今後どうするべきか、きちんと話し合おう」

　ぼくたちの息子――まるで二人が親密につながっているかのような言い方だ。そんな関係など、どこにも存在しないのに。「あなたが自分の生活を送るあいだ、わたしはどうすればいいの？　いますぐハリーとわたしのパスポートを返して」

「返したら、このジャスミン邸にとどまると約束するか？」黙りこんだエリンに、コルテスは皮肉なまなざしを投げかけた。「もしきみがハリーを連れてここから逃げ出しても、ぼくは必ず見つける。だがいまは、互いの時間と労力を省き、ハリーに不必要な負担をかけないために、きみたちのパスポートはもうしばらく預からせてもらう」

「あなたにそんな権利は……」エリンは言葉を切った。コルテスが聞いていないことに気づいたからだ。

彼は夢中で息子を見つめていた。ハリーもじっと父親を見つめ、どんなに固い石のような心もとろけさせてしまいそうなあどけない笑みを浮かべた。その笑みがコルテスに与えた効果は驚くべきものだった。険しい顔つきが和らぎ、彼はスペイン語で何かつぶやきながら身をかがめ、赤ん坊の額に唇をそっと押しつけた。

コルテスのローションの香りがエリンの鼻をくすぐった。彼の黒い髪と、ハリーの柔らかな黒い髪が重なり合うのを見たとき、エリンの胸に奇妙な痛みが走った。ほんの一瞬、彼女は幻想の世界に飛びこみ、幸せな家族の光景を夢見た。赤ん坊にキスをしたあと、コルテスは顔を上げて赤ん坊の母親に優しくキスをする……。

だが、現実の二人は息子の監護権を争っている最中だった。コルテスが最高の弁護士を雇って訴訟を起こせば、エリンに勝ち目はなかった。そのことを思うと、彼女の心臓は冷たい恐怖にわしづかみにされた。

エリンはふと、コルテスが妙な表情で彼女を見つめていることに気づいた。まるで彼も、現実とは違う状況を夢見ているかのような表情だった。思い違いよ、とエリンは自分に言い聞かせた。コルテスはわたしたちを勝手にここに連れてきて閉じこめた。どんなにすてきな屋敷だろうが、牢獄(ろうごく)であることに変わりはない。マドリードから戻ったら話し合おうという言葉は、脅しとしか思えなかった。エリンはさっと彼から離れた。その瞬間、二人のあいだに揺らめいていた何かが消えた。

彼は書類鞄(かばん)を持って歩きだした。「できるだけ早く戻る」

「わたしのためなら、別に急ぐ必要はないわ」エリンは冷ややかに応じた。けれど、なぜか、彼の車が走り去る音を聞いたとたん、寂しくてたまらなくなった。マドリードには夜を一緒に過ごす恋人がいるのかしら? 彼はいたって健康な男性だ。恋人がいてもおかしくない。そう思うと必要以上に心が乱れ、嫉妬を覚える自分に、彼女は嫌気が差した。

コルテスは一晩留守にしただけで、翌日の午後遅くジャスミン邸に帰ってきた。

エリンはハリーを乳母車に乗せ、心地よい揺れが赤ん坊を寝かせてくれるよう願いながら庭を散歩していた。そのとき、ごく自然にすうっと門が開いてコルテスの車が入ってくるのが見え、腹立たしいことに、一瞬、心臓が跳ねた。コルテスは男性的な黒いスポーツカーを屋敷の前に止め、ボンネットに寄りかかって、歩み寄るエリンを待った。シャツのボタンが二、三個外され、日焼けした胸と黒い胸毛がのぞいている。エリンの顔がほてった。頬の赤みは日差しのせいだとコルテスが思ってくれるよう彼女は祈った。

「門のロックを解除する暗号があるようね」彼に近づくと、エリンは言った。「ここのお庭はとてもきれいだけれど、もう少し遠くまで――近くの村にでもハリーを散歩に連れていきたかったのに、門がロックされていたわ」いらだちのあまり声がとがった。「あなたには、わたしをここに閉じこめる権利はないはずよ」

「あの門は車のナンバーを読み取って開くようになっている。ロックしてあるのは防犯上の理由だ。村は八キロほど先にあるが、店もないし、きみが興味を持つようなものは何一つない」

「わたしが何に興味を持っているかなんて、知りもしないくせに」

コルテスがのけぞるようにして笑いだした。表情が明るくなった彼の顔はとてつもなく美しく、エリンは視線を外せなくなった。豊かな笑い声が胸の奥深くに染み入る。笑うと彼はますます魅力的に輝く――エリンは陰鬱な気分でそう思った。

「ぼくをベッドに誘ったとき、きみが何に興味を持っていたかはちゃんと覚えているよ」

彼の挑発に乗って言い返さないよう、エリンはぎゅっと唇を閉じた。恥辱の一夜のことは思い出したくない。

「ジャスミン邸の周囲は葡萄園だ」コルテスが言った。「もし葡萄園を散歩したいなら、案内しよう」

エリンは興味を引かれた。賞を獲得したフェリペ&コルテス社のシェリー酒に使われる葡萄園を見てみたかった。コルテスが歩きだし、塀についている門を開けたので、エリンは乳母車を押して門を通った。

「パロミノ種を育てているようね」濃い緑色の葉を見て、エリンは口を開いた。「アルバリサの土壌は石灰が豊富で、湿度を保つには理想的ね。暑くて乾燥しているこのあたりで葡萄を育てるには不可欠な土壌だわ。おもしろいことに、イギリスのサウスダウンズの土壌も石灰が豊富で、フランスのシャンパーニュ地方によく似ているの。でも、もちろんイギリスの夏はここより涼しいから、カックメアではシャルドネやピノノワール種を育てることができるの。少なくとも……」ふいにエリンは言葉を切って顔をしかめた。「ソーンダーソン家のワイナリーでは現在そういう葡萄を育てていて、白のスパークリングワインを造っているわ。でも、あなたがあそこを売れば、買い主は違うものを育てるかもしれないわね」

エリンがコルテスに目を向けると、彼はひどく驚いた顔で彼女を見つめていた。

「きみが本当にワイナリーに興味を持っているとは知らなかったよ」

「シャンパーニュ地方に負けないイギリスのスパークリングワインを造るというのが、養母の夢だったの。母が亡くなったとき、わたしはその夢を引き継いで実現させると誓った。葡萄栽培学と葡萄酒醸造学の修士号も持っている。ずいぶん驚いた顔をするのね」エリンは皮肉っぽい笑みを浮かべた。「わたしのことを、タブロイド紙に書いてあるとおりのばか娘だと思っていたんでしょう」

コルテスは肩をすくめた。「マスコミだけ責めることはできない。パパラッチがきみの堕落した生活を追うのは簡単なことだったんだから。ぼくが不思議に思うのは、きみがわざとばかな行動でマスコミの目を引きつけていたように見えることだ」

コルテスの洞察力に、エリンは落ち着かない気分になった。マスコミの注意をジャレクから引き離すためだったことを、コルテスに悟られたくなかった。エリンは遠くまで続く長い葡萄畑の畝に目をやった。「ここの広さはどれくらいなの？」話題を変えたくて、彼女は唐突にきいた。

「二百ヘクタールだ」コルテスはひどくそっけなく答えた。

エリンは彼の皮肉な視線を避けてうつむいた。「カックメアの葡萄園はたった六ヘクタール。ここは霜が降りなくて幸運だわ。この葡萄園を守るために霜よけの蝋燭に火をつけるとしたら、ものすごい人数が必要だもの」

トラクターのつけた轍を避けるため、コルテスが乳母車を押すのを手伝う。「葡萄が凍るのを防ぐのに蝋燭をつけるという話は聞いたことがあるが、実際に見たことはない」

「カックメア館に泊まった夜に外を見れば、蝋燭の火で葡萄園全体が明るく輝いているのが見えたはずよ。あの夜、霜が降りたの。でも、幸い地元の人たちが何人か残っていて、蝋燭に火をつけるのを一晩中手伝ってくれたの。新芽が霜にやられていたら、きっと葡萄は全滅だった」

「次の朝きみが十時までベッドにいたのは、そのせいだったのか？」コルテスは奇妙な声で尋ねた。「ぼくはきみが毎朝ぐずぐず寝ていて、ハリーを乳母任せにしているのかと思った」

「たぶん睡眠不足も腎臓感染症がぶり返した原因の一つね。パーティの前の二、三日、ハリーが夜泣きして睡眠不足が続いていたの。疲れると、免疫力が落ちてしまうみたい」

コルテスはまだ乳母車のハンドルを握っていた。二人の手がかすかに触れ合ったとたん、エリンは思わず息をのんだ。日焼けした指と白い指が寄り添っている。彼の手がエリンの胸を愛撫（あいぶ）し、腿のあいだに入りこんだときの記憶がいっきによみがえった。一年前、コルテスの巧みな愛撫で信じられないほどの快感を覚えた場所が、いままた熱く溶けだしていくのを感じ、エリンはぎょっとした。

「ハリーがミルクを欲しがる前に家に戻らなくては」エリンは赤くなった顔をコルテスに気づかれませんようにと祈った。羞恥で体が熱くなり、どうしても彼を求めてしまう自分が腹立たしかった。あんな扱いを受けたあとなのに、なぜ彼を欲しいなんて思うの？　わたしの自尊心はどこへ行ったの？

「次はワイン貯蔵室を案内するよ」コルテスが言った。

エリンがほっとしたことに、コルテスは彼女の体の異変には気づいていないようだった。

「ここの葡萄が全部フェリペ&コルテス社で使われているわけではないんだ。三分の一ほどはほかのワイナリーに売られている」彼は塀のドアを開けて支え、エリンが乳母車を押して通るのを待ってから話を続けた。「明日の夜、フェリペ&コルテス社の株主と顧客を招待してパーティを開くことになっていて、メディアもいくつか招いている。その場で、ハリーがぼくの息子であることを公表するつもりだ」

エリンの胸が石のように重くなった。「な

ぜ？　そんなに……急ぐ必要はないと思うわ。まだ監護権のことも決まっていないのに」

「これからハリーが誰と子供時代を過ごすことになろうと、ぼくの息子であることを公に宣言しておきたいんだ」コルテスはエレンの動揺した表情を見て顔をしかめた。「きみがどんなに望んでも、ぼくは絶対に息子との関わりをあきらめはしない。ハリーが小さなうちは、二十四時間この子の父親でいたい」

「わたしだってそうよ。なのに、あなたはハリーをわたしから引き離そうとしている」

「そうじゃない。ハリーがきみを必要としていることは認める。幼いあいだはとくに。パーティの席では、きみのことも紹介するつもりだ。息子の母親として」

　エリンは眉を上げた。「わたしがドラッグでふらふらになって会場に現れたらどうしようと、心配じゃないの？」

　驚いたことにコルテスはきまり悪そうな表情を浮かべ、片手で髪をかき上げた。「そのことについては、ぼくが間違っていた。きみがちゃんと母親としての役目を果たしていることがわかった」

「わたしが献身的な母親だということは疑いの余地なんかなかったはずよ」エリンは食ってかかった。「だけど、あなたは最初、ハリーが息子だということを信じようともしなかった」

コルテスの顔がこわばったが、答える口調は冷静だった。「いまはハリーがぼくの息子だという証拠がある。明日の夜、公表するよ。きみが心配しなくても、ぼくは父親として百パーセント息子と関わっていくつもりだ」

コルテスはだいじな顧客に向かってほほ笑んだが、この十分間というもの、相手と交わした会話はいっさい記憶になかった。セニョール・サンタナの肩越しに、ほかの顧客と話しているエリンを見つめていたからだ。彼女の話し相手が彼女にのぼせ上がっているらしいと気づいて、コルテスは歯を食いしばった。その男がどんな面持ちでいるか、コルテスは手に取るようにわかった。

昨日、彼はヘレスの高級ブティックからエリンのパーティ用のドレスを取り寄せようと提案したが、彼女はロンドンから持ってきたドレスがあるからと断った。

いまエリンは室内を歩きまわり、そこかしこで足を止めては客と歓談している。サファイアブルーのシルクのドレスはデザイン的にはシンプルなシースドレスで、ダイヤモンドをちりばめたベルトが細いウエストを強調している。ホルターネックで、肩と背中はむき出しだ。金髪はシニョンにまとめられ、ほっそりした白い首筋が見えている。実際のところ、そのドレスはけっして淫らというわけではなく、優美で魅惑的だった。

だが、コルテスは男たちがエリンに注ぐ欲望のにじむ視線がいやでたまらなかった。彼女が全身をすっぽり覆う袋でもかぶっているほうが、コルテスの心は落ち着いていたに違いない。彼の胸に湧き上がった独占欲は、歓迎すべからざるものだった。女性に対して初めてこんな気持ちを抱いたことに、コルテスはいらだっていた。

パーティが始まる十五分前、彼はエリンをエスコートするために彼女の寝室のドアをノックした。ドアを開けた彼女がいつもの冷ややかな笑みを浮かべているのを見たとたん、コルテスは彼女を抱き上げてベッドに運びたい衝動に駆られた。ドレスをはぎ取り、唇と胸にキスをして、彼女を一年前のようなとびきりセクシーな女性に変えてしまいたかった。いまも耳に残るかすれた声で、あのときと同じように、抱いてと懇願させたかった。

近づいてきた秘書から記者発表の準備ができたと告げられ、ようやくコルテスは意識を現実に引き戻した。乳母には、午後十時のミルクの時間が終わったら、ハリーを会場に連れてくるように頼んであった。

バーバラが入ってくると、すぐにコルテスは歩み寄ってハリーを抱き取った。すると、息子を盗まれでもしたかのように、エリンが現れた。全身に緊張をみなぎらせて。

「わたしに抱かせて。ミルクを飲んだばかりだから、吐いてタキシードを汚すかもしれないわ」

「タキシードなんかどうでもいい」コルテスが見つめると、ハリーも金色の斑点のある黒っぽい目でじっと彼を見返した。薔薇(ばら)のつぼみのような唇にほほ笑みが浮かぶのを見て、コルテスは命に替えてもこの子を守るとあらためて心に誓った。

会場の隅にマイクが置かれ、メディアが集まっていた。コルテスがそこに向かって歩きだすと、部屋が少しずつ静かになっていった。そして赤ん坊を抱いたコルテスが演台に上がるや、客のあいだをざわめきがさざ波のように広がっていった。彼がエリンに手を差し伸べる。彼女は少しためらってから彼の横に立った。

コルテスはエリンのことを考え、記者会見は英語で行うと通達を出していた。「みなさん、フェリペ&コルテス社はますます発展を続け、収益も増加しており、そのことをわたしは大変誇らしく思っております。ですが、ここにわたしの長男ハリー・ラモスをご紹介できることをさらに誇らしく思います」

客たちのあいだから驚きと好奇のどよめきがあがった。広報係の計らいで、事前に決められた質問をいくつか受ける時間が設けられていたが、終わりごろになって一人の記者が予定外の質問をした。

「息子さんの母親と結婚する予定ですか？　だとしたら、式はいつごろでしょう？」

コルテスは記者へのいらだちを隠してほほ笑んだ。「ミス・ソーンダーソンとわたしの私的な状況に関しては、公表する予定はありません」彼はすらすらと答えた。

「ミス・ソーンダーソンはイギリス人ですし、あなたが今後もスペインに住み続けるのか、あるいは息子さんたちと一緒にイギリスに引っ越すのか、株主たちは知りたいんじゃないでしょうか」

「その点に関しては、株主の方々にも安心していただきたい。わたしは今後もスペインを本拠地とし、フェリペ＆コルテス社の仕事もエルナンデス銀行のCEOとしての仕事も続けていきます」

「息子さんもスペインに住むのですか？」

「もちろんです。ハリーはわたしの後継者です。大きくなったらわたしと同じ情熱を持って最高の葡萄を育て、最高のシェリー酒を造ってほしいと願っています」

「でも、結婚しなければ、息子さんは法的には非嫡出子ということになりますが？」

「先ほども言いましたが、私的なことに関してはこれ以上申し上げることはありません」

コルテスは鋭く返した。「いま言えるのは、わたしの息子の法的な状況に関しては、近い将来、解決されるということのみです」

コルテスは秘書に合図を送り、記者会見を終わらせた。彼がハリーを抱いて大広間の外に出ると、エリンがあとを追ってきた。大理石の床に響くヒールの音から察するに、かなり腹を立てているようだ。

「あの最後の思わせぶりな返事は何？」

ハリーを抱き取った乳母が二階へ向かうのを待って、エリンはコルテスに食ってかかった。玄関ホールは引き上げようとする客でいっぱいだったので、彼はエリンを書斎に連れていき、邪魔が入らないよう鍵をかけた。

「どうやって法的な状況を解決するわけ？」

ほんの一瞬の沈黙のあと、コルテスは口を開いた。「ぼくたちが結婚すればいい」

「ずいぶんおもしろい冗談ね。でも、いまわたしは笑うような気分じゃないの」

「冗談を言っているつもりはない。ぼくは真剣だ」法的に嫡出子とは認められないという記者の言葉が、コルテスの頭のなかで渦巻いていた。子供のころ、彼はいつも村の子供たちにからかわれた。〝私生児！〟と。さらにひどいことに、彼らは母を〝娼婦（しょうふ）〟とののしった。それには、コルテスはこぶしで報復した。自分のことはどう言われようと気にならなかったが、母の名誉が汚されたときにはは全力で闘った。早くから葡萄園で働いたおかげでコルテスはとてもたくましく、しばらくすると殴られることに懲りた子供たちは面と向かって彼をあだ名で呼ぶことはなくなった。

　この三十四年間で、世の中の価値観は大きく変化した。だが、あの記者の言葉で、まだ非嫡出子への偏見があることを思い知らされた。自分の息子が私生児と呼ばれるのは、絶対に許せない。

　エリンに結婚を承諾させるには、相当な闘いが必要だとコルテスはわかっていた。だが、エリンもまた彼と同じくらいハリーを愛している。望みを達成するためなら、コルテスはどんな手段も辞さない覚悟だった。

8

「わたしを勝手にスペインに連れてきたあげく、侮辱して、最後にはドラッグ中毒という非難まで浴びせておいて、それでもわたしが結婚を承諾すると思うなんて、どうかしているわ」

　こみ上げる感情を抑えようとするあまり、エリンの胸は激しく上下した。パーティでコルテスがハリーを自分の息子だと公表したとき、エリンはなんとなく罠にかけられたような気がして、無力感を覚えた。

「こんなばかげたことは、もううんざり。なぜあなたがハリーはスペインで暮らすなんて言ったのかわからない。あの子はわたしと一緒にイギリスで暮らすのよ」

返事をする前にコルテスはガラスのデカンターを取り上げ、淡い金色の液体をグラスにたっぷりついだ。「きみもどうだ？　十五年間、樽で寝かせたフェリペ&コルテス社最高のシェリー酒だ」エリンがかぶりを振ると、コルテスはアルコールの助けが必要だとでもいうように、いっきに半分ほど喉に流しこんだ。そして、計り知れない感情を宿した目で彼女を見つめた。「ハリーの監護権を二人で分け合うことについて、きみはどう考えているんだ？」

「どういう意味？」

「監護権を分け合ったら、一週間、あるいは一カ月ごとに、ハリーはぼくたち二人の家を行き来する羽目になる。あの子が小さいうちはそれでいいかもしれないが、すぐ大きくなる。そうしたら、荷物のようにイギリスとスペインのあいだを往復させられる生活をどう思うだろう？　きみは息子にそんな生活をさせたいか？」

「もちろんさせたくないわ」

養女になり、初めてカックメア館の表階段を上がったときの記憶が、脳裏によみがえった。それまでエリンが知っていたのは戦争で荒れたサラエボの養護施設だけだった。そこはけっして幸せな場所ではなかったが、それでもエリンは知らないところへ連れていかれるのが怖かった。なじんだ場所から引き離されるというのは、子供にとってはとても不安だ。自分がどんなに必死に兄の手にしがみついていたか、エリンはよく覚えていた。物心がついたとき、数週間ごとに母親と父親の家を行き来しなくてはならない生活を、ハリーはどう感じるだろう？

「クリスマスや誕生日はどうだ？　そういう特別な日にどちらの親と過ごすかいちいち決めなくてはならないとしたら、ハリーは純粋に楽しめるだろうか？」

「監護権を共有してうまくやっている親はたくさんいる。ハリーのためだけに、わたしたちが結婚する必要なんてないのよ」

「確かに、その必要はない」コルテスはとりあえず認めた。「だが、ぼくたちの息子に、安定と安心とつねに両親に見守られる生活を与えたいとは思わないか？　ハリーには、自分の居場所だと思える家庭が必要だ。いま、最優先すべきは彼のことじゃないのか？」

「ばかげてる！」エリンのいらだちが言葉となってこぼれ出た。コルテスの言い分は筋が通っている。でも、彼と……結婚？　「わたしはあなたとだけは絶対に結婚しない」

「だが、きみの話を信じるとすれば、ぼくはきみがベッドを共にした唯一の男だ」

　エリンの頬が真っ赤になる。「あの夜のことはもう説明したでしょう。確かに、パーティに勝手に紛れこんできた知らない男性に妊娠させられたとわかったあとは、誰ともベッドを共にする気にはなれなかったわ」

　コルテスがシェリー酒を飲み干してグラスをデスクに置いた。「イギリスの私立探偵を雇って、警察の記録を調べさせた。あの夜の客の一人が逮捕されていたことがわかったよ。トム・ウィルソンは数人の女性のグラスに催淫ドラッグを投じた罪で告発された」

　エリンはふうっと息を吐いた。「これで証明されたわね。あの夜、飲み物にドラッグを入れられたせいで、わたしがいつもとは違う行動をとってしまったことが」心の奥では、コルテスのどこか陰りを帯びた魅力に反応したのはドラッグのせいだけではないとわかっていた。彼を一目見た瞬間、心を奪われてしまったのだ。でも、それを彼に告白するつもりはない。

　ふと気づくと、いつの間にかコルテスがそばに来ていた。彼は、獲物を狙う狼のように動けるらしい。エリンは落ち着かない気持ちになったが、体は彼のコロンの香りに反応していた。彼はいつも魅力的だが、すばらしい仕立ての黒いタキシードを着ている今夜は、とりわけすばらしかった。見ているだけで息苦しくなり、エリンは視線をそらしたかった。だが、彼の視線がエリンの目をとらえて離さず、金色の斑点のある目が彼女の全身にぴりぴりするような熱い刺激を送りこんだ。

「一年前の出来事はドラッグのせいだときみは主張するが、カックメア館でキスをしたときの反応についてはどう説明する?」

「あれは、驚いただけよ」すぐにエリンは言い返したが、彼の腕のなかで溶けていった自分を思い出すと再び顔が赤くなった。

さらに近づいてくるコルテスを、エリンは片手を突き出して止めた。彼の整った顔に浮かぶ謎めいた表情に、心臓が大きく跳ねる。

「何をするつもり? わたしに触らないで」

エリンの懇願は、彼の唇に吸いこまれた。それは、支配しているのはぼくだと、エリンに思い知らせるようなキスだった。

彼の魔力に負けてはいけない。エリンは必死に自分に言い聞かせた。けれど、熱くたくましい体に抱き寄せられ、脚のつけ根に驚くほど硬い彼の欲望のしるしを感じたとたん、エリンの体から力が抜けていった。

キスが深くなり、コルテスの舌が彼女の口のなかを探索する。彼の片手はむき出しのエリンの背中を這(は)い、肌に火をつけていく。やがてその手は彼女のヒップをとらえた。

シルクのドレスが邪魔だった。エリンは肌

に直接彼の手を感じたくてたまらなかった。熱い血が体内を駆け巡って激しい欲望をかきたて、自分は快楽に溺れるような女ではないというエリンの信念をあっさり否定する。コルテスの指は彼女の女らしい体の探索を続け、今度は胸へと向かった。彼がドレスの胸を押し広げ、硬くなった胸の先を指でつまむと、エリンの息が止まった。脚のつけ根に快感が走る。続いて彼は首のストラップをほどいて胸をあらわにし、そこに唇を押しつけた。たちまち快感は何千倍にもふくれあがり、次の瞬間には胸の先を強く吸われ、エリンはたまらずにあえぎ声をもらした。すると、コルテスの唇はもう一方の胸へと移った。

　わずかに残っていた抵抗力がついに砕かれ、エリンは降伏のうめき声をもらして彼の首に両腕をまわした。コルテスが顔を上げ、巧みな舌の動きで彼女の唇を蹂躙する。支配力に長けたコルテスにあらがう術はないと心のどこかでエリンはわかっていた。頭のなかでは、この快感には恥辱という重い代償がついてくるのよという警告がぐるぐる回っていた。

　その警告は正しかった。コルテスの手がふいに離れた。脚がふらつき、喪失感がエリンを襲う。彼女は腫れた唇に指で触れてみた。シニョンがほどけかかっているのがわかる。エリンは震える手でドレスのストラップを上げ、コルテスの舌でまだ濡れてとがっている胸の先を隠した。わたしはコルテスのものだと全世界に向かって叫んだも同然だ——そう思うと、自己嫌悪に陥った。

「結婚すれば、ぼくたちの息子は両親のそろった安定した家庭で成長できる。それがとても大切だと、きみもぼくも身をもって知っている」

コルテスの声は冷静そのものだった。彼の精神状態がいまの出来事にまったく影響を受けていないと気づいて、エリンは吐き気を覚えた。わかっていてしかるべきだったのに。一年前、彼はセックスのあとさっさと立ち去った。いまのキスも、ただわたしが彼に抵抗できないことを証明するためだけにしたのだ。

「あなたはわたしを妻にしたいなんて思っていない」

「たったいま、ぼくは自分の欲しいものをはっきり示した」彼はエリンのとがった胸の先に視線を向け、皮肉な笑みを浮かべた。「いや、ぼくたち二人の欲しいもの、だな。それに、この便宜的結婚には、セックスの相性以外にもさまざまな利点がある」

客観的な分析を披露するような口調だった。

「きみの葡萄栽培の知識と、会う人をすぐ魅了してしまう能力は、社交の場でもビジネス関係のパーティでもおおいに役立つ。株主はみな、きみを気に入るだろう」

「株主なんかどうでもいいわ。問題は、反感を持ち合っているわたしたちが、ハリーのために幸せな家庭を築くなんてできるはずがないということよ」エリンは唇を噛(か)んだ。「お互いのことをよく知りもしないのに」

「では、大急ぎで知り合うことにしようじゃないか、いとしい人(ケリーダ)」

ふいに柔らかくなった彼の声を耳にするなり、こんな状況でなければよかったのにという思いがエリンのなかに生まれた。コルテスがわたしを愛してくれてさえいれば……。

ばかなことを考えないで。エリンはぎょっとして自らを戒めた。体ばかりか心まで彼に支配されるわけにはいかない。そのとき、ひりひりする唇をコルテスに親指でなぞられ、エリンは身をこわばらせた。

「ぼくたちの息子は間違いで生まれた」彼は静かに言った。「だが、まだ互いのことをよく知らないにしても、一つだけぼくたちが同意できることがある。二人とも、ハリーが生まれたのを残念に思ったことは一秒たりともないということだ。あの子のために、これ以上は間違いを犯さないよう努力しようじゃないか」

知らず知らず顔に疑念が浮かんでしまったらしい。コルテスがエリンから離れた。

「ぼくと結婚すれば、きみはラルフの遺言の条件を満たすことになり、ソーンダーソン・ワイナリーの半分を相続できる。ぼくはカックメアを売却しないことに決めたよ。きみの言うとおり、あれはハリーのものだ。だから、ぼくと結婚すれば、きみはイギリスで最高のスパークリングワインを造りたいという養母の望みを引き継げる」

確かに、ワイナリーの所有権を獲得できれば、わたしは経済的な安定と自立を手に入れることができる。コルテスは切り札を出してきたのだ。彼はわたしがソーンダーソン・ワイナリーと養母の願いをどんなに大切に思っているか、わかっている。結婚に同意すれば、ハリーの母親としての地位は確実なものになり、同時にこれまで多大な時間とエネルギーを注いできたワイナリーの所有権の半分が手に入る。同意こそが理にかなっている。

「わかったわ」気持ちが変わる前に、エリンは言った。「結婚に同意します。両親そろった家庭のほうが息子のためにいいと思うから。それに、どうしても義母の夢をかなえてあげたいから」

コルテスはうなずき、またグラスにシェリー酒をついでいっきに飲み干した。「できるだけ早く結婚できるよう手配する」いかにも事務的な口調でコルテスは言った。

もちろん、わたしにとってもただの便宜的な結婚よ。エリンは自分にそう言い聞かせた。

スペインで結婚するための手続きにはずい

ぶん長い時間がかかり、コルテスが地元の町役場での結婚式を予約できたのは三週間後のことだった。

早く正式な父親として認められたくてじりじりしながらも、コルテスは息子の成長にすっかり夢中になっていた。〝ほんの数週間のうちにずいぶん大きくなるものだな〟と、ハリーのバスタイムに彼はエリンに話しかけた。

息子と三人で過ごす時間は、コルテスが本気でいい父親になりたいと願っていることを証明する形になり、彼に対するエリンの態度が少しずつ和らいでいるのがわかった。いわれのない非難の言葉で彼女を傷つけたのだから、信頼を得るまでには時間がかかるだろう。

しかしコルテスは、絶対にあきらめないし、この結婚がうまくいくと必ず彼女にわからせると心に決めていた。

結婚式の前日、二人はコルテスの友人夫婦と昼食を共にするためにセビーリャに向かった。ニコラス・ガルシアとテレサ・ガルシアには一歳の息子がいて、コルテスはエリンがほかの夫婦との交流を楽しんでくれるよう願っていた。彼女はサセックス州の友人たちに会えなくて寂しいとこぼしていたのだ。

コルテスはちらりと助手席のエリンに目をやった。「ラルフ・ソーンダーソンというのはどういう人物だったんだ？　父親のことを何も知らないというのは妙な気分だ」彼は一年前に一度だけ会った実の父親のことを思った。その後ラルフから連絡が来たことはなかった。「きみは養女だったんだから、彼のことはよく知っていたはずだ」

ハイウェイの両側には、葡萄園が果てしなく広がっていた。コルテスはエリンを意識するまいと努めたが、無駄だった。さわやかなフローラル系の香水の香りが彼の五感を刺激し、スカートからのぞくほっそりした腿が彼を誘惑してやまない。コルテスは道端に車を止めて彼女を抱きたいという衝動に駆られた。だが、できるはずもなかった。理由はたくさんあるが、最大の理由は後部座席のベビーシートでハリーが眠っていたからだ。

結婚にこぎつけるまでずいぶん時間がかかってしまった。ときどきコルテスは、エリンが自分と同じくらい欲望に満ちた目をしていると感じることがあった。そんなとき、思い違いでなければいいのに、と願わずにはいられなかった。けれど、〝お互いのことをよく知りもしないのに〟と言ったときのエリンの声が本当に不安そうだったので、コルテスは欲望を抑えつけ、彼女を安心させることに専念してきた。

エリンが身じろぎし、花模様のスカートがさらにずり上がった。スペインに連れてきたころのやつれは消え、不健康に青白かった肌はうっすら日焼けしている。金髪を編んで片側の肩に垂らしたエリンはとてもかわいらしく、同時に信じられないほどセクシーだった。彼女の胸に触れたくて、指がうずく。

「ラルフのことはあまりよく知らないの。母ほど身近な存在ではなかったから。いろいろなプロジェクトにすごく熱心に取り組むんだけれど、すぐに飽きてしまう人だった。わたしと兄を養子にしたのも、養母が望んだからだと思う。子供に恵まれなかった母はニュースでサラエボの惨状を知り、どうしても養護施設の子供たちに家庭を与えたいと思ったそうなの」エリンは顔をしかめた。「兄が言うには、わたしたちを養子にしたのもラルフのプロジェクトの一つだったから、すぐに興味をなくしたんだって」

エリンが振り向いてハリーの様子を確かめた。コルテスは彼女の髪から漂うレモンのような香りを胸に吸いこんだ。

「表面的には理想的な家族を演じていたけれど、ラルフはいろいろな女性と関係を持っていた。母がそれを黙認していたのは、離婚という事態になって、わたしと兄をまた混乱させたくなかったからじゃないかしら」

セビーリャの中心街に着き、道路が混雑し始めると、コルテスは運転に集中し、エリンは口を閉ざした。やがて車はガルシア夫妻の優美な邸宅の車寄せに入った。

「緊張しなくていいよ」エリンの硬い表情を

見て、コルテスは明るく声をかけた。「気軽な訪問だし、テレサとニコラスはとても親しみやすい」彼はハリーをのせたベビーキャリアを抱えて屋敷の表階段を上がった。

メイドがドアを開けると、コルテスはエリンの腰に腕をまわして明るい日差しの下から涼しい玄関ホールへと足を踏み入れた。

「明日はぼくたちの結婚式だ。人前では、幸せなカップルを装う必要がある」体をこわばらせたエリンにささやく。

「他人の目にどう映るか、どうして気にしなくてはいけないの？」

「ぼくたちが子供のためだけに結婚したという噂（うわさ）を広められたくないからだ。ハリーが学校に行くようになれば、ほかの子供たちから何か言われるかもしれない。両親が自分のためだけに結婚したと知ったら、ハリーがどんな気持ちになると思う？」父親のいないことをからかわれた子供時代の記憶がコルテスに、息子には絶対に親のことでいやな思いはさせないと決意させていた。

メイドに案内されて、二人は美しい中庭に面した広々とした客間に入った。一組の男女がにこやかな笑みを浮かべて二人を迎え、コルテスはテレサとニコラスをエリンに引き合わせてから自慢げに息子を披露した。青と白のストライプのベビー服を着たハリーはとてもかわいらしく、集まってきたほかの客たちにもあやされてご機嫌だった。エリンもほんの数分テレサと話しただけで、目に見えて緊張が解けたようだった。彼女は、最近よちよち歩きを覚えたばかりのガルシア家の息子ルイースにすっかり魅了されていた。

「あら、久しぶりね」セクシーな声があがり、美しい女性がコルテスに近づいてきた。

「やあ、サンチャ」コルテスは以前の恋人に冷ややかな笑みを向け、腕を絡ませてきた相手へのいらだちを抑えつけようとした。「今日きみが来るとは知らなかったよ」

「来ないはずないじゃない。テレサからあなたが来るって聞いたんだから」彼女は柔らかな声音で明言し、広くあいた襟ぐりから胸が見えそうなほど前かがみになった。「数週間前にマドリードで会ったとき、どうして今日ここに来るって言わなかったの?」

幸い、そこにニコラスが来て飲み物はどうかときいたので、サンチャは現在の恋人のもとへ戻っていった。たっぷり二十は年上の大金持ちだ。コルテスはその男に同情を覚えそうになった。

サンチャは三千五百万ポンドの価値のある邸宅と土地を拒否するだろうか？　するはずがない。エリンに目を向けると、彼女はキャリアからそっとハリーを抱き上げるところだった。顔にもしぐさにも息子への愛情があふれている。ふとエリンがコルテスを見て、彼の笑みに対してほほ笑みで応えた。そのとたん、コルテスの鼓動は乱れた。

あと二十四時間でエリンはぼくの妻になる。そのことにまったく緊張を覚えていない自分に、コルテスは我ながら驚いていた。これまでの彼は結婚など考えてもいなかった。ところが、自分に子供がいるとわかったことですべてが変わった。息子を私生児にすることは絶対にできない。エリンが愛情に満ちた母親であることは疑いの余地がない。そろそろアランドラの裏切りは忘れて、未来の妻を信頼するべきだ。

エリンが公の場にハリーを連れていったのは、ガルシア家のパーティが初めてだった。出産後、彼女はカックメア館にこもって過ごした。確かに健康を回復させる必要もあったが、最大の理由はシングルマザーになったことをタブロイド紙に書きたてられ、赤ん坊の父親が誰かとあれこれ憶測されるのがいやだったからだ。

エリンがハリーのことを秘密にしていたと知って、コルテスは驚いた顔をした。「ぼくたちの息子の存在を恥じているのか?」

「もちろん違うわ」エリンとコルテスがビュッフェ形式の昼食をとるあいだ、テレサがハリーを抱いてくれていた。そちらに視線を向けながら、エリンは低い声で言った。「わたしは自分自身を恥じていたの。それに、あの誕生パーティの夜の自分の行動を。あなたは信じないでしょうけれど、わたしはあの夜まで本当に男性とベッドを共にしたことはなかったの」

コルテスが乱暴に車海老(くるまえび)にフォークを突き刺し、自分の皿にのせた。「あのとき、そのことに気がつけばよかったと思うよ」

彼の声は、これまでエリンが聞いたこともないほどこわばっていた。まるで本気で彼女を気遣ってくれているような声だった。だが、すぐにエリンは、この場では愛し合っているように振る舞おうと彼が言ったことを思い出した。目が合うたびに彼がにっこり笑うのも、そのためなのだ。

エリンはきらきら光る婚約指輪を見つめた。角形にカットされたサファイアの周囲を白いダイヤモンドが囲んでいる。これほどすばらしい指輪を見たのは初めてだった。値段は見当もつかない。結婚を承諾した数日後、コルテスにはめてもらったとき、エリンは高価な宝石をもらうことはできないと抗議した。コルテスは婚約指輪は周囲を納得させるためのものだと答えたが、このサファイアを選んだのはきみの目の色にぴったりだからだという彼の言葉に、一瞬、胸が高鳴った。

彼の言ったとおり、パーティは気軽なもので、いつの間にかエリンはおいしい食事とワインと、コルテスの友人と交流する機会を楽しんでいた。幼い子供を連れた夫婦も何組かいて、ジャスミン邸での暮らしは思っていたほど孤立したものではない気がしてきた。ただし、早急にスペイン語を覚える必要があった。みんなは英語でエリンに話しかけてくれるが、それ以外の会話はスペイン語に戻る。ハリーには英語とスペイン語の両方を覚えさせるということでコルテスと意見の一致を見た。もしエリンがスペイン語を話せるようにならなければ、息子と夫の会話から締め出されてしまうだろう。

夫！

明日の結婚式のことを思うと、たちまち鼓動が速くなった。一カ月前にジャスミン邸で目覚めたときから、ずっとエリンは非現実的な世界にいる気がしていた。そして、この数週間、コルテスの態度が急速に変わるにつれて、非現実感はますます強くなった。

コルテスはもうよそよそしくもなければ、手厳しくもない。彼がわたしに向かって、ドラッグ中毒で母親にふさわしくないと非難したなんて、いまでは信じられない気がする。現在の彼は、なんとしてもわたしの心を引きつけようと決意しているように見える。そして、それはけっして難しいことではない、とエリンは認めざるをえなかった。

いま彼は、庭に面して開かれたガラスドア

のそばに立っていた。降り注ぐ午後の日差しが彼の頭でたわむれ、黒い髪をきらめかせている。黒いジーンズがたくましい腿の線をはっきりと浮き上がらせ、クリーム色のシャツの襟元からは日焼けした肌がのぞいていた。

明日の夜、二人は寝室で本物の夫婦になるの？　エリンの胸のなかで期待が渦巻いた。まだ話し合ってはいないが、彼の目にははっきりと欲望の色が浮かんでいた。一方、エリンも、プライドにこだわって彼とのセックスを拒絶するようなまねはしないと決めていた。この数週間で、コルテスは彼女の心をとりこにした。心の底で、エリンは自分が彼を愛していることを自覚していた。

午後のあいだずっと、とてもいい子にしていたハリーだったが、夕暮れが近づくにつれてむずかりだした。エリンは小さな居間を借りてミルクを飲ませた。そして、おむつを替えてコルテスを待っているとき、ドアが開いて一人の女性が入ってきた。

たしか、テレサの妹のサンチャと紹介された女性だ。エリンはほほ笑みかけ、相手の驚くほど美しい顔にひらめく嫉妬は無視しようと努めた。サンチャはマドリードのテレビ局でキャスターをしているという。ぴったりフィットした白いドレスが、彼女の体のすばらしい曲線美を余すところなく描き出し、金色がかったブロンズ色に輝くなめらかな肌を完壁に引き立てている。漆黒の髪はアシンメトリーのボブにカットされ、高い頬骨ときらめく黒い目をくっきりと際立たせていた。

サンチャはドアを閉め、エリンに向かい合った椅子に腰を下ろした。「二人きりで話をする時間がとれてうれしいわ。お祝いを言わなくてはいけないと思って」

サンチャの一見友好的な態度の下に、何か違う意図が隠されているのが感じられ、エリンは眠ってしまったハリーに目をやった。

「ありがとう。こんなにかわいい息子を授かって、とても幸運だと思っているの」

「そう……」サンチャは赤ん坊には目もくれなかった。「コルテスに息子のことを知らせたのは、なかなか賢い選択だったわね。彼自身が未婚の母に育てられるという不幸を背負って生きてきたから、自分の息子を同じ目に遭わせたくないと思うだろうって、あなたは計算したんでしょう？　あなたたちが結婚するのはそのためよね？」

「結婚はわたしとコルテスのためよ」エリンはさりげなく答えたが、内心では次のサンチャの言葉を待ち構えて緊張していた。だが、長く待つ必要はなかった。

「大丈夫よ、彼にちゃんと聞いているから」

エリンの表情を見て、スペイン人の女性は小さく笑った。「あら、わたしとコルテスがつき合っていたこと、知らなかったの？」

はっきりとは知らなかったが、疑いは持っていた。午後のあいだ、何度かコルテスとサンチャが額を突き合わせて熱心に話しているところを目撃していた。一度サンチャがコルテスに飲み物を頼んだとき、彼は希望を尋ねることもなく白ワインのグラスを取ってきた。その、見たところ些細な出来事は、二人がごく親しい関係であることを示唆していた。けれど、胸を突き刺されるような痛みを感じたことを、エリンはサンチャに悟られたくなかった。

「コルテスはとても魅力的な人だし、これまで誰ともつき合ったことがないと言われたほうが驚くわ」

サンチャが探るような視線をエリンに向けた。「理性的な態度で受け止めてくれてうれしいわ。彼は仕事でよくマドリードに来るし、そのときはいつもわたしたちのために買ったアパートメントに泊まるのよ。写真を見せてあげましょうか」サンチャは携帯電話を出してエリンに突きつけた。液晶画面には、腰までシーツをかけ、上半身裸でベッドに横たわっているコルテスが写っていた。

「寝室は一つしかないけれど、ベッドがすごく大きいの」サンチャの声が、ナイフのようにエリンの胸をえぐった。「三週間前にコルテスがマドリードに来たとき、この写真を撮ったのよ」

エリンの胸に苦いものがこみ上げた。三週間前コルテスは仕事だと言ってマドリードに一泊し、戻ってくるとハリーのために結婚しようと提案した。きっとあのときサンチャに、息子の母親と結婚するつもりだと話したのだろう。さもなければ、この女性が便宜的な結婚のことを知っているはずがない。

エリンは立ち上がってハリーの哺乳瓶や手回り品をバッグにしまいながら、心の傷を必死に押し隠した。自尊心の力を借り、彼女はにこやかな笑みを浮かべて言った。

「今後コルテスはマドリードに行っても、その日のうちに帰宅すると思うわ。たとえ一晩でも妻と息子から離れて過ごしたくないはずだから」エリンはサンチャと別れの握手を交わしながら、相手の目に驚きが浮かぶのを見て小さな勝利の喜びを覚えた。「ごきげんよう」エリンはベビーキャリアごとハリーを抱き上げ、悠然とした足どりで部屋を出た。

しかし、サンチャの落とした毒は、少しずつエリンの心をむしばんだ。帰途の車中、コルテスは疲れたというエリンの言葉を信じたようだった。彼女はコルテスの整った横顔を見ずにすむように目を閉じた。頭のなかでは、さまざまな思いがぐるぐる回り続けていた。

彼が過去にさまざまな美女たちとつき合っていたことはわかっていた。過去にサンチャとつき合っていたとしても、別にかまわない。

けれど、コルテスは三週間前、息子の監護権のために闘うと宣言した。そして、その同じ日のうちにマドリードでサンチャに会い、一夜を過ごした。献身的な父親になるという彼の宣言はなんだったの？　恋人のもとに駆けつけるとき、彼はハリーのことなど何も考えていなかったに違いない。

ガルシアの屋敷に向かう途中で、自分の父親はどんな人間だったのかとコルテスは尋ねた。ラルフ・ソーンダーソンは〝停滞〟が大嫌いな人だった。だから、数限りなく不倫を繰り返し、養子にもすぐに興味をなくしてしまったのだろう。子供のころエリンは、養父に褒めてもらいたくて懸命に勉強した。だが、ラルフの無関心が少しずつエリンの自信を奪い、自分は無価値な人間だと彼女は思うようになった。

もしコルテスが父親という立場に飽きてしまったらどうなるの？　いつの日か、父親を喜ばせようと頑張ったハリーが父親に拒絶されて挫折感を味わうかもしれないと思うと、エリンは耐えがたい気持ちになった。たとえラルフという人間を知らなくても、コルテスは確実に父親の遺伝子を受け継いでいる。ラルフと同じように、結婚生活における貞節を重視していない可能性もある。

ふいにエリンの脳裏に未来の自分の姿が浮かんだ。社交の場に出るたびに、どの女性が夫の新しい愛人なのだろうと考えて嫉妬と疑念に苛(さいな)まれる姿が。

そんな生活には耐えられない。コルテスが義務感だけで結婚すると知っていながら、結婚式を挙げるなんてできない。ハリーに安定した環境を与えるには結婚が最良の選択だ、とコルテスは言った。でも、両親の絶え間ない言い争いと非難の応酬がハリーにいい影響を与えるはずがない。

ジャスミン邸に着き、家のなかに入ろうとしたとき、コルテスの携帯電話が鳴った。彼は顔をしかめて相手の名前をチェックした。

「日本支店の支店長だ。一人でハリーを連れていけるか？」

「もちろんよ」わたし一人では赤ん坊の面倒も見られないと言いたいの？　乳母が休暇で旅行に出かけているこの二日間、わたしは一人で完璧にハリーの世話をしてきたのに。

子供部屋に入ったものの、ハリーがキャリアのなかで気持ちよさそうに眠っていたので、エリンはベビーベッドに移さずそのまま寝かせておくことにした。それにはもう一つ理由があった。彼女の頭のなかで突飛な計画がまとまり始めていて、考えれば考えるほど、それが唯一の解決策のように思えてきたのだ。明日コルテスと結婚したくない。あまりにも多くのものが危険にさらされてしまう。とりわけ、わたしの心が。でも、結婚を拒めば、コルテスは法廷でハリーの監護権を争うと言っている……。

エリンは寝室のサイドテーブルの引き出しから、一週間前コルテスが返してくれた自分とハリーのパスポートを取り出した。そのときのエリンは、コルテスが自分を信用してくれたしるしだと思った。だけど、と彼女は思案した。いまにして思えば、コルテスはわたしが彼の魔力にとらわれてすっかり彼に夢中だから、もう逃げ出すことはないと確信したのかもしれない。

これが正しい行動でありますように、とエリンは祈った。兄にアドバイスを求めたかったが、コルテスがハリーの父親で、彼と結婚することになったと電話で告げたときのジャレクの反応を思い出すと、電話をかけるのはためらわれた。兄はぶっきらぼうな口調で言っただけだった。最善だと思うことをすればいいさ、と。

コルテスとの結婚が最善の道だろうか？ サンチャの姿が脳裏に浮かんだ。マドリードにあんなに美しい愛人がいて、ほかにもヨーロッパのあちこちに愛人がいるかもしれないのに、彼がわたしに欲望を感じるはずがない。子供のころのわたしは、養父を喜ばせようとして何度もみじめな思いを味わった。おとなになってまで、コルテスの便宜上の妻としてみじめな思いを抱えたまま生きたくはない。

9

脱出計画は、考えている段階ではごく簡単そうに思えた。だが、いざとなると、手が震えてしまい、エリンはハリーのベビーシートを装着するのにさえ手こずった。唯一の慰めは、すさまじいエンジン音を響かせるコルテスのスポーツカーを運転する必要はないということだった。つい最近、彼はエリン用にとステーションワゴンを買い、右車線の道路を走ったことのない彼女のために助手席に乗り、近くの村まで往復する練習につき合ってくれたのだ。

これからエリンは、暗闇のなかを空港までおよそ二十キロの道のりを運転しなくてはならない。それを思うと、緊張で胸が締めつけられた。

エリンは真夜中になるのを待ち、家事室からそっと車のキーを持ち出して、ガレージに向かった。

エンジンがかかり、車が発進する。車寄せの突き当たりにある正門は、車が近づくと自動的にナンバープレートを読み取って開く仕組みになっている。だが、開かない。

「お願い、開いて」エリンはつぶやいた。何時間も悩んだ末に、ようやく決意したのだ。

ここまで来て、ぐずぐずするわけにはいかない。コルテスが父親としてハリーに関わることを拒否するつもりはないが、何もかも彼の思いどおりにはさせない。

エリンは車のエンジンを切り、後部座席で眠っているハリーの様子をチェックしてから車を降り、手で開けられるかもしれないと期待して門扉に近づいた。軽く体重をかけると、驚いたことに、門扉が動いた。エリンは門を全開にしてから、一歩敷地の外に出た。夜空に銀色の月が輝き、明るくきらめく星はコルテスにもらった婚約指輪のダイヤモンドを思わせる。その婚約指輪は、ここを出ていく理由を記した手紙と一緒にコルテスの書斎に置いてきた。

エリンを引き止めるものは何もなかった。ただ、良心だけがうずいていた。息子を連れ去られたと気づいたときのコルテスの気持ちを想像してみる。きっと絶望感に襲われるだろう。彼がハリーを愛していることは紛れもない事実なのだから。

そう思った刹那、真実が雷光のようにエリンの胸を刺し貫いた。DNA検査の結果を知ったときから、彼はずっと息子に夢中だった。認めたくはないが、コルテスがあまりにもあからさまにハリーへの愛情を示すので、かすかな嫉妬を覚えるほどだった。

そのとき、背後で金属の触れ合うかすかな音がした。ぎょっとして振り向くと、すでに門は閉じられ、エリンは敷地の外に締め出されていた。必死に門扉を引っ張ったが、びくともしない。心臓が早鐘を打ちだす。月は雲に隠れ、暗闇がますます彼女の恐怖をあおった。

なぜ門が勝手に閉じたのか、エリンにはわからなかった。しかし、再び月の青白い光が周囲に降り注いだとき、その答えが彼女の前に立っていた。百九十三センチの怒れる男となって。

「コルテス……」エリンは息を止め、彼が言葉を発するのを待った。斜めに差す月光が彼の険しい横顔を照らし出す。こわばった顎が彼の怒りの激しさを示していた。彼は何も言わず、車内のベビーシートからハリーを抱き上げ、屋敷へと戻り始めた。

恐怖に胸を締めつけられ、エリンは必死に門扉を揺すぶった。「コルテス、わたしをなかに入れて」

だが、彼は歩き続けた。エリンの声など聞こえないかのように。彼女など存在していないかのように。

「お願い……」エリンの口からすすり泣きがもれた。「わたしの赤ちゃんを連れていかないで」

「きみはこの子をぼくから奪い去ろうとして

いた」ついにコルテスが足を止めて振り向いた。彼の声は夜の闇と同じくらい暗く、威嚇に満ちていた。「たまたま書類を捜しに書斎に入ったらきみの置き手紙を見つけ、ただちに門が開かないようにしたんだ。もう少し遅ければ、きみはハリーを連れて出ていっていただろう。ぼくはきみを信じていたのに。女は信じないと誓っていたこのぼくが」彼は怒りを爆発させた。「ぼくの信頼に対し、息子をさらうという行為で報いるなんて、いったいどういう了見だ？　なぜきみは、ハリーとぼくを引き離そうとする？　なぜ、この世の何よりも息子を愛している父親を、ハリーから奪おうとするんだ？」

「出ていくのはやめるつもりだったの」必死さのあまり、エリンの声が震えた。「気持ちが変わって、車を戻そうとしていたところだったのよ。誓うわ」

コルテスが陰鬱な笑い声をあげた。「信じられるものか。それに、慣れない夜道を車で走ってハリーを危険にさらすところだったとわかれば、裁判所がきみに監護権を渡す可能性はさらに少なくなるだろうな」

彼の声は氷のように冷たかった。

「やはり第一印象は正しかったよ。きみはハリーの母親としてふさわしくない。いまハリーにとって最善の場所は子供部屋のベビーベッドだ。ぼくはそこへこの子を連れていく」

エリンはこぶしで門をたたいた。涙があふれ、うまく言葉を出せない。「いまのあなたは、確かにハリーを愛しているように見えるわ。でも、それって、いつまで？　いつかあなたは息子に興味をなくしてしまうかもしれない。わたしの養父がわたしに飽きてしまったように」

コルテスが屋敷に入ってしまうのを見て、エリンは膝から崩れ落ちた。荒い息をつくたびに胸が痛む。

「あなたのしていることは、わたしの心臓を切り裂くのと同じことなのよ」彼女は叫んだ。

「わたしにはハリーしかいないの。お願い」

コルテスのなかで激しい怒りが渦巻いていた。エリンは門の外側にいた幸運に感謝するべきだ。もし手の届くところにいれば、思いきり彼女を揺すぶってその頭に分別をたたきこんでやりたい誘惑に駆られていただろう。

いや、きっとそれ以上の誘惑に駆られていたはずだ。信頼に値しない女だとわかったのに、それでもまだコルテスはエリンを欲していた。彼女はコルテスの血を熱くし、四六時中欲望をかきたてる。彼の頭のなかは二十四時間、エリンのことでいっぱいだった。

彼女の持つ影響力が腹立たしかった。アランドラとの一件があって以来、コルテスはもう二度と女性に心を許さないと誓った。ところが、エリンは優しいほほ笑みで彼を欺きながら、息子を連れ去る計画を立てていたのだ。

十年前、アランドラはぼくの赤ん坊なんか欲しくないと言い、さっさと堕胎してしまった。その子が生まれていたら同じくらいだろうと思う年齢の子を見ると、いまも深い喪失感と悲しみに襲われた。けれどいま、ぼくには息子がいる。父親としての権利を奪うようなまねは、絶対にさせない。

コルテスはそっとハリーをベビーベッドに寝かせた。「愛してるよ（テ・アーモ）」かがんで、赤ん坊のベルベットのように柔らかな頬にキスをする。この子を傷つける者は絶対に許さない。

こんなふうに何がなんでも誰かを守りたいという気持ちになるなど、これまでコルテスは想像したこともなかった。ハリーには父親が必要だ。だが、まだ五カ月にもなっていない赤ん坊には母親も必要だ。それは、けっして否定できない事実だった。

窓から見ると、エリンはまだ閉じた門扉の前でがっくりと地面に膝をついていた。いつまであそこにいるつもりだ？　その答えが浮かんだとき、コルテスはみぞおちを殴られた気がした。エリンが息子を置いてあの場を離れることは絶対にない。ハリーに対する彼女の愛情のあかしを、コルテスは何度も目にしてきた。彼女の言葉が脳裏によみがえる。

〝いつかあなたは息子に興味をなくしてしま

うかもしれない。わたしの養父がわたしに飽きてしまったように〟

　コルテスもエリンも、父親失格だったラルフ・ソーンダーソンの犠牲者なのだ。ラルフは孤児のエリンに家を与えたが、彼女が切実に望んだ愛情を与えることはなかった。エリンが人間不信に陥った原因はそこにあるのだろう。そして、その点ではコルテスにも責任の一端があった。彼はバージンだったエリンを抱き、何も言わずに姿を消した。口のなかでののしりの言葉をつぶやきながら、コルテスはふいに窓のそばを離れ、門を開閉するリモコンをポケットから取り出した。

　初めエリンは何が起きたのかよくわからなかった。いきなり体が前のめりになり、両手で支える間もなく顔から地面に倒れこんでしまったのだ。門が開いたことに気づいた瞬間、エリンの全身を安堵（あんど）が駆け抜けた。彼女は震える脚で立ち上がり、屋敷に向かって走った。表のドアが細く開いていて、エリンは階段を駆けのぼって子供部屋に向かった。

　ハリーはこの一時間にわたる騒動のあいだも目を覚ますことなく、すやすや眠っていた。エリンはベビーベッドにしがみついて必死に呼吸を整えた。ハリーの長く黒いまつげが頬に影を落とし、薔薇色（ばらいろ）の唇がかわいらしくすぼまっている。エリンの目に再び涙があふれた。この子の監護権を手放さずにすむなら、コルテスの要求にはどんなことでも従う。まず彼に謝罪するところから始めなくては。

コルテスの私室は廊下の外れだった。どきどきしながらノックをしたが、応答がない。エリンはそっと彼の居間に足を踏み入れた。誰もいなかった。隣の寝室にもコルテスの姿はない。階下の書斎に行ってみようと振り向いたとき、エリンはその場で凍りついた。コルテスがバスルームから出てきたのだ。

彼は驚く様子も見せず、金色の斑点の光る目でじっとエリンを見つめた。エリンは不安を抱えたまま、コルテスが口を開くのを待った。じりじりするような沈黙に、緊張が募っていく。その一方で、コルテスを見るといつもかきたてられる恥知らずな欲望が全身を駆け巡り、脚のつけ根が熱く潤った。

腰にタオルを巻いただけのコルテスを見ているうちに、サンチャの写真が脳裏によみがえり、エリンの傷心と怒りを誘発した。

「わたしがハリーの母親にふさわしくないなんて、よく言えるわね！　あの子を置き去りにして恋人と一夜を過ごしたことなんて、わたしは一度もないわよ」

彼が顔をしかめた。「ぼくも同じだ」

「あなたは仕事だと言ってマドリードに行った。そして、サンチャに買ってやったアパートメントで彼女と夜を過ごしたのよ。わたしは彼女から写真を見せられたわ。あなたたちの愛の巣のベッドで、あなたが裸でいる写真。サンチャはあなたの愛人なんでしょう?」

コルテスが否定しないので、エリンは吐き気を催した。彼は黙って居間のテーブルに歩み寄り、そこに置かれていた書類鞄を開け、紙を一枚持って寝室に戻ってきた。

「何?」エリンはつぶやいた。

「マドリードのホテルの領収書だ」コルテスは肩をすくめて答えた。「サンチャとぼくは少しのあいだつき合っていたが、ラルフの葬儀のためにカックメア館に行く三カ月前に別れた。あのアパートメント全体がもともとぼくの所有物で、テレサ・ガルシアから妹に一部屋貸してやってくれないかと頼まれたんだ。サンチャが住まいを探していたときに」

ホテルの領収書に記載されていた宿泊日は、まさにコルテスが屋敷を留守にした日だった。

「でも、サンチャの部屋を訪ねた可能性もあるわ」そして、ベッドを共にしたかもしれない。エリンは心のなかでつぶやいた。

コルテスが静かに言った。「サンチャとは、たまたま顧客と一緒に行ったレストランで顔を合わせたが、それだけだ。二日分の会議を一日に詰めこんで夜遅くまで仕事をしていた。もう一晩きみとハリーから離れて過ごす羽目にならないように」

それが本当ならいいのに、とエリンは心の

底から願った。「だったら、どうしてサンチャは、携帯電話の写真を三週間前のものだと言ったの?」

「たぶんきみを嫉妬させたかったんだろう。彼女と別れた原因は、彼女がぼくとの結婚を望んだからなんだ」

「わたしは嫉妬なんかしていない」

エリンは真っ赤になって否定した。彼はとても冷静で、嘘(うそ)をついているとは思えない。きっとサンチャは捨てられたことをずっと恨んでいたのだろう。そして、夫との関係に確信を持てずにいたわたしは、サンチャが仕掛けた罠(わな)にまんまと落ちてしまったのだ。

「わたしは息子の監護権を法廷で争うなんていやなの。ハリーには両親が必要だというあなたの意見は正しい。だから、わたしは……予定どおり明日、結婚式を挙げたい」正確には明日ではなく今日だ。時計を見ると、もうすぐ一時になる。

コルテスがどんな反応を示すか、エリンには見当もつかなかった。歓声をあげるはずはないとわかっていたが、何か言うはずだ。すると、彼はエリンを一瞥(いちべつ)した。彼のその冷酷な表情に、彼女の心臓が止まった。

「ぼくがつかまえなければ、きみはぼくの息子を連れて逃げていた」コルテスの言葉は厳しく、まだ怒りがおさまっていないことがわかった。「こういう事態になったからには、なぜぼくがきみと結婚するべきなのか、きちんと納得のいく説明をしてほしい」

エリンは彼を見つめ、せめて服を着てくれればいいのにと思った。裸に近い彼を見ていると、頭がまともに働かない。「どうしたら納得してもらえるのか、わからないわ」

コルテスがベッドに腰を下ろした。エリンの目が彼の腰に引きつけられる。タオルの上からでも、欲望のふくらみが見て取れた。怒りと欲望は危険な組み合わせだ。視線が絡み合い、彼の無慈悲な目に浮かぶ謎めいた光に気づいて、エリンは息をのんだ。

「まず従順な妻になることを証明してもらおう」彼は静かに命じた。「服を脱いで」

その横暴さにエリンは怒りを覚えたが、同時に熱と興奮が全身を駆け抜けるのを抑えることができなかった。本当は、スペインに連れてこられたときから、彼に抱いてほしいとひそかに願っていたのだ。

だが、こんなふうに敵意と不信に満ちた関係のまま抱かれるのはいやだった。コルテスに地獄へ落ちろと言ってやりたい。でも、そうしたらプライドを保つことはできるが、ハリーの監護権を失う危険を冒す羽目になる。それだけは避けたかった。

赤ん坊を連れての長旅になることを考え、エリンは実用的な服に着替えていた。震える手で、体にぴったりしたジーンズをぎこちなく下ろしていく。コルテスの燃えるような目にさらされながらTシャツを脱ぐと、頬の赤みが爪先まで広がっていくのがわかった。

ここで許してもらえると期待していたとしたら、エリンを待っていたのは落胆だった。

「なぜ手を止める？　その地味な下着では、あまり欲望をそそられないな。もし本当にきみと結婚したら、もっと刺激的なランジェリーをつけてくれ」

再びエリンは、地獄に落ちろと言ってやりたい衝動に駆られた。コルテスの信頼を裏切った代償の大きさに、いまになってようやく気づく。でも、と彼女は思った。彼から屈辱を与えられるのだけはごめんだ。

エリンは背中に手をまわしてブラジャーの留め金を外し、彼の目を見つめたまま肩紐を滑らせて床に落とした。

彼の頬に赤みが差すのを見て、エリンの胸に小さな勝利の喜びがこみ上げた。定期的にジムに通っているおかげで、うれしいことに早くも出産前の体型を取り戻している。胸がもう少し大きければいいのにといつも思っているが、形は申し分ない。コルテスの目が、とがった胸の先に吸い寄せられるのがわかった。

だが、彼は動かなかった。じっと座ってエリンがすべてを脱ぎ去るのを待っている。緊張にこわばった手で下着を脱ぐと、エリンは長い髪を背中に払って真正面からコルテスを見返した。

「まだ幼いころ、爆撃で破壊されたサラエボの養護施設をテレビのクルーが取材に来て、わたしにカメラを向けたの。金髪でかわいらしかったから。わたしは運よくソーンダーソン家に引き取られたけれど、ほかにも子供たちは大勢いたわ。まだ四歳だったけれど、わたしは容姿のおかげで生きるチャンスを与えられたんだって幼心に思ったものよ」

コルテスは何も言わず、黙って手招きをした。

そのとたん、エリンのみぞおちのあたりが不安に震えた。拒絶したかったが、息子を守るためよ、と自分に言い聞かせた。「あなたが欲しかったのはわたしの体だけだった。目的を達したあとはさっさと姿を消し、わたしのことなど思い出しもしなかった。そのせいで、わたしは自分にはなんの価値もないんだと思ったわ」

コルテスが手のひらをエリンのおなかに当てた。触れられた部分が燃えるように熱い。

「ここに赤ん坊がいて大きくふくらんでいるところを見たかった」ようやく彼が口を開いた。

心の底をさらけ出しているような深い声だ。

でも、そんなはずはない、とエリンは思った。

わたしのことなどなんとも思っていないと、

彼ははっきり証明した。一年も連絡を取ろうとしなかったのだから。

「ハリーが生まれてわたしが死にかけたとき、あなたはそばにいるべきだった。ハリーが両親のいない子になるかもしれないと思って、怖くてたまらなかったわ」

驚いたことに、彼がうなずいた。

「そのとおりだ。ぼくはきみたち二人のそばにいるべきだった」

彼の声ににじむ何かが、その後悔は心からのものだと告げていた。エリンの胸を締めつけていた緊張が少しだけゆるんだ。

コルテスがもう一方の手を彼女のヒップに当て、そこから少しずつ上へと動かしていく。胸郭を包みこむように両手の指を広げると、指先がちょうど胸の下に触れた。胸の激しい鼓動が彼の指に伝わっているのがわかり、エリンは冷静に見える彼を憎んだ。わたしは彼のせいでこんなに官能を刺激され、頭がおかしくなりそうなのに。

「これには何か特別な目的があるの？　わたしをベッドに放り投げて無理やり抱くことで、あなたの力を見せつけるつもり？」

「そうしてほしいのか？」

「もちろん違うわ」悔しいことに、声がかすれた。コルテスのせいで、神経が過敏になっている。彼はそれを見透かしているのだ。

彼の指が下腹をたどって下がっていき、腿

の合わせ目に触れた。

「なぜハリーを連れて逃げようとした？」

「いつかあなたが父親の役割に飽きて、ハリーを見捨てるかもしれないと思って不安に駆られたの」わたしを見捨てたのと同じように。その声にならない言葉が、二人のあいだにぽっかりと浮かんだ。

コルテスは首を横に振った。「信じられないな。子供のころのぼくがどんなに父親を求めていたか、きみに話したはずだ。ぼくはこれから死ぬまで息子を愛し、守り続ける」

コルテスがエリンの腿のあいだに手を滑りこませた。細長い指が、熱く溶けた彼女の芯のなかに入っていく。

「正直に話さないかぎり、ぼくたちの結婚はうまくいかない。本当のことを言うんだ、エリン」

本当のこと！　ふいにエリンは彼と闘うことに疲れた。自分自身との闘いにも疲れ始めていた。「本当は、あなたのそばにいるときの自分の反応が怖いの」

「どんな反応だ？」

冷酷にコルテスは追及した。二本目の指がエリンのなかに滑りこみ、容赦なく踊りだすと、至福の快感が彼女のすべてを支配した。

エリンはじっとコルテスの顔を見つめた。金色の斑点のある目、彼の気分次第で冷酷にも官能的にも見える唇。その唇の端に浮かんだほほ笑みに心が躍る。でも、もし彼を説得して結婚に同意させることができなければ、ハリーを彼に取られてしまう。

「誕生パーティの夜にあなたとベッドを共にしたのはドラッグのせいだ、と自分に言い聞かせていたけれど、あなた以外の人は誰も寝室に誘ったりしていない。あの夜は大勢の男性とダンスをしたにもかかわらず。あなたを見たとたん、息が止まったわ。でも、明くる朝、あなたは消えていて、わたしは屈辱感を覚えた。バージニアの友人のトムが女性客の飲み物にドラッグを入れたと聞いて、あの夜のことはわたしのせいじゃないって、思いこもうとしたの」


コルテスの器用な指の探索が続き、エリンの体が震え始めた。じっと彼女を見つめながら快感をかきたてる彼の触れ方は、驚くほど親密さを感じさせた。エリンは目を閉じ、彼の愛撫に身を任せた。

「ぼくも同じだった。一目見た瞬間、ぼくはきみが欲しくてたまらなくなった。ほかの女性には感じたことのない衝動だった」

エリンがぱっと目を開け、驚きの視線を彼に向けた。「だったら、なぜ次の朝、わたしを起こさずに出ていってしまったの?」

「自分に腹を立てていたんだ。ぼくはきみに関するタブロイド紙の記事を読んでいた。なのに、なぜ見えすいた誘惑に屈服してしまったのか、自分でもわからなかった。実際のきみは写真よりずっときれいで、ぼくは心を奪われた。だが、朝になると、きみに自制心を奪われた自分自身に猛烈に腹が立った」

　コルテスがどんなに強固に感情をコントロールしているか、エリンは知っていた。だからこそ、自制心をなくしたことがどうしても許せなかったのだろう。

「それであなたはわたしと距離をおいていたの？」彼の指の巧みな動きに陶然としながらも、エリンは脚のつけ根でふくれあがっていく快感の波に必死に抵抗した。

　コルテスがかすれた笑い声をもらす。「いまは距離をおいていないよ、いとしい人（ケリーダ）」

「それは、わたしに思い知らせるためでしょう？　あなたはわたしを欲しいとは思っていないのよ」

　コルテスの動きはあまりにすばやく、気づいたときには、エリンはベッドに仰向けに押し倒されていた。腰のタオルが取り払われ、彼女の腿に硬くなった彼の欲望のしるしが触れる。「これでも、きみを欲しがっていないと言うのか？」しゃがれた声で言う。「きみの思いこみを正す時間が必要だったんだ。ぼくは永遠にハリーの父親であり続けるし、けっしてきみとハリーを捨てるつもりはない」

　コルテスの行動はすべて息子のため、とエリンは自分に言い聞かせた。でも、彼の腕のなかにいるいま、筋道立てて考えることなどできなかった。それに、彼がエリンに欲望を覚えていることは歴然としていた。

「わたしはあなたが――」

「何も考えるな。ただ感じるんだ」コルテスが彼女の胸の先に舌を這わせた。硬くなった胸の先を口に含み、強く吸う。やがてエリンがこらえきれずに身をよじると、彼はもう一方の胸にも容赦なく快楽の罰を与えた。

エリンは彼の髪に指を滑らせた。この数週間、わたしはこうしたくてたまらなかった。温かなシルクのような手ざわり。片手で彫刻のような顔を探ると、伸びかけたひげが手のひらをちくちく刺した。

するとコルテスは顔を上げ、エリンを見つめてから、魂まで奪うようなキスをした。

エリンを信じてもいいのだろうか？　それとも、ぼくにかきたてられる感覚が怖くて逃げ出そうとしたというのは、ぼくに監護権を取られないための方便なのか？　赤ん坊を手元に置くためならなんでもする、と彼女は言った。だから、すべてが嘘かもしれない――ぼくの指の動きに反応してもらす柔らかなあえぎ声も、胸の先を吸われてもだえる体も。

だがコルテスは、もう嘘でもかまわない気がした。いま大切なのは、コルテスの重みを彼女の体が受け止め、痛いほど硬くなった彼の欲望のしるしを彼女のなめらかな腿が誘っているという事実だけだった。

それでも、コルテスは自分の原始的な本能を押しとどめ、時間をかけようと決意していた。たまたま書斎に入らなければ、いまごろエリンとハリーはイギリス行きの飛行機に乗っていたかもしれないのだ。エリンは気持ちが変わって屋敷に戻ろうとしていたところだったと言ったが、それを信じていいかどうか、コルテスには確信が持てなかった。

本当は母と子を引き離すつもりなどなかった。ただ結婚は息子のために最良というだけでなく、エリンにとってもいいことだと彼女に納得させたかっただけなのだ。

エリンは財産には目もくれない。三千五百万ポンドの財産を、なんの躊躇もなく拒絶した。だから、切り札として使えるのはエリンの欲望だけだった。彼女をジャスミン邸に連れてきたときから、二人のあいだには官能的な化学反応が生じていたし、彼女を誘惑することには二つの利点があった。まず、持てる技のすべてを駆使してエリンをぼくの体のとりこにし、けっしてぼくから離れたいと望まないよう仕向けられること。そして、エリンのすばらしい体を貪りつくし、彼女に対する欲望という呪縛から自身を解き放てることだ。

コルテスは彼女から下りて肘をつき、片手

を彼女の繊細な曲線に這わせた。そして胸のふくらみを包みこむと、彼女の全身に震えが走った。続いて彼は肩でエリンの脚を開かせた。立ちのぼる女性らしい欲望の匂いを嗅ぎながら、エリンの秘めやかな部分に唇を押しつける。

エリンが驚きの声をあげた。「そんなこと、だめ……」

「いや、これでいい」コルテスは静かにたしなめ、舌による探索を続けた。その親密な行為に驚く彼女にいとしさを覚えると同時に、激しい独占欲が湧き上がるのを感じ、我ながら驚いた。あの誕生パーティの夜まで彼女は男性経験がなかったと告白した。さまざまなタブロイド紙の記事にもかかわらず、コルテスは彼女の言葉を信じた。彼の行為に驚きの声をあげ、無邪気に快感に身をゆだねるさまは、どう見ても演技ではない。

「コルテス……」

懇願するようなエリンのかすれた声が聞こえた。もだえる彼女の体がその声と同じメッセージを発している。コルテスは唇で彼女を絶頂に導こうかと考えたが、彼自身がすでに限界に近づいていた。欲望をコントロールできなくなっていることに気づいて、コルテスはショックを受けた。エリンをセックスで籠絡する計画は、根本から間違っていたのだ。避妊具をつけるあいだだけは、なんとか我慢できた。それからコルテスはいっきに熱く柔らかな彼女のなかに身を沈めると、すばらしい快感が待っていた。耳に、血管の脈打つ音と、それよりも大きな自分のうめき声が響く。至福の場所に到達するまでの道のりのどこかで、誘惑するはずの者が誘惑され、相手をとりこにするはずだった者がとりこにされていた。

さらに驚くべきことに、コルテスはエリンを官能の蜘蛛の巣にとらえることなど、もはやどうでもいい気がしていた。彼はただエリンを賛美し、彼女が自分のものだという事実を誇りたかった。

コルテスの体がリズミカルに動きだし、二人は絶頂に向かってひた走った。エリンの首筋に唇をつけると、彼女の肌の匂いがコルテスの五感を満たし、唇にキスをすると、その甘さが彼の口を満たした。ふいにエリンが背中を弓なりに反らし、激しく身を震わせ始めた。そして次の瞬間、彼女は絶頂に達した。

最後にコルテスが深く彼女のなかに身を沈めるや、いつ果てるとも知れない圧倒的な力でコルテスの欲望が解き放たれていった。その瞬間、エリンは彼の心を余すところなく満たしていた。

そう、満たされたのは彼の心だった。

10

いやな映画を繰り返し見ているような気分だった。目を覚ましたとき、エリンの寝室は明るい日差しに満たされていたが、ベッドにいたのは彼女一人だったのだ。一年前のロンドンの朝と同じように、全身が痛い。コルテスに手と唇で全身を愛撫(あいぶ)された記憶がよみがえり、悲嘆がエリンの胸を満たした。

二人は昨夜、地平線に顔を出した太陽が窓を淡い茜色(あかねいろ)に染めるまで、彼の大きなベッドで何度も愛し合った。エリンは疲れきって眠ってしまったので覚えていないが、きっとコルテスがこの寝室に運んでくれたに違いない。そして、去っていった――あの誕生パーティの夜と同じく。

突然ドアが開き、エリンの心臓が跳ねたが、メイドの姿を見てまたも気持ちが落ちこんだ。二人のメイドは、楽しげに笑いながら大きな平たい箱を運びこんでベッドに置いた。

「ウエディングドレスですよ」不思議そうな顔のエリンに、ローザが言った。「ラモス様からです」

エリンはコルテスの愛撫の痕跡が残る体に急いでバスローブをまとった。箱のふたを開け、薄紙のなかからドレスを取り出す。それは純白のシルクで作られたこの上なくシンプルなシースドレスだった。もしエリンが本物の花嫁になるのなら、きっとこのドレスを選ぶだろう。けれど、コルテスとの偽りの結婚式のために彼女が選んでおいたのは、淡い青のスカートとジャケットという機能的な服だった。コルテスはわたしが臆面もなくこのロマンティックなドレスを身につけると本気で思っているのかしら？

メイドが運んできたほかの箱に目を向けると、エリンの鼓動が速くなった。一つの箱にはかわいらしい白い靴が入っていた。もう一つの箱のふたを取ると、とても薄くて繊細なランジェリーが現れた。メイドが最後の箱を開け、白い薔薇(ばら)の花束を取り出した。半分だけ開いた花の形があまりにも完璧で純粋に見え、エリンの目から涙があふれた。

そのとき、携帯電話が鳴り、コルテスの声が聞こえてきた。最高級のチョコレートのようなほろ苦さと甘さの混じった声だ。「おはよう、いとしい人(ケリーダ)。急(せ)かしたくないが、結婚式は一時間後に始まる」

「わたし……」エリンははっとして、言葉をのみこんだ。昨夜ジャスミン邸を出ようとしたときに書斎に置いてきたはずの婚約指輪が薬指に光っていたのだ。「いつ婚約指輪を戻したの？」

「きみを少し眠らせるためにベッドに入れたときだ。なにしろ昨夜はほとんど眠らせなかったからね」彼は事務的に言った。「結婚式の前に花嫁と花婿が顔を合わせるのは縁起が悪いと言われている。ぼくはこの結婚を縁起のいいものにしたいんだ。メイドがきみの支度を手伝うし、乳母も旅行から戻ってきてハリーの世話をしているよ」

罪悪感がエリンの胸を刺した。いままで息子のことをすっかり忘れていたのだ。エリンは慌てて子供部屋に駆けこんだが、ちょっとハリーを抱きしめただけで、すぐバーバラに追いたてられた。本当にぎりぎりの時間しかなかった。シャワーを浴びて髪を乾かし、最小限のメイクを施し、メイドにドレスを着せてもらう。サイズは完璧だった。ひんやりしたシルクが肌を優しくこする。

エリンはコルテスと一緒にヘレスの市役所に行くものとばかり思っていた。けれど一階に下りると、執事がエリンを迎え、コルテスはもうハリーを連れて出発したと告げた。

彼に信頼されていないことを思い出し、わくわくしていたエリンの心に影が差した。昨夜コルテスは情熱的に、しかも思いがけないほど優しくエリンの体を求めた。だから彼女は、今後の二人の関係に希望を抱き始めていたのだ。しかし、夜が明けたいま、彼からのメッセージは明白だった。彼は息子を手に入れたのだ。

そう、コルテスはわたしに結婚を強要することはない。市役所に行くかどうかを決めるのはわたしだ。

愛のない結婚をするか、結婚をやめて息子の監護権を失い、同時にソーンダーソン・ワイナリーの所有権を手に入れるチャンスも手放すか。もし結婚がうまくいかなくても、ワイナリーの所有権を手にしておけば、その仕事で自分とハリーの生活費くらいはなんとかなる。エリンは迷いのない足どりで歩き始め、待っていた車に乗りこんだ。

コルテスがウエディングドレスと花束を用意したのは、式の出席者たちにこの結婚が本物だと確信させるために違いないとエリンは推測した。ところが、市役所の前で車から降りると、式場までエスコートするためにコルテスが待っていた。彼の顔は、緊張でエリンと同じくらいこわばっていた。淡いグレーのスーツと青いシルクのネクタイを身につけた彼は、息をのむほどすてきだった。そして、エリンを見たときの彼の目の表情に、彼女の心臓が跳ねた。

「思ったとおり、そのドレスはきみにぴったりだ」彼の声はかすれていた。「純真無垢で、誰よりも美しい」

少しだけ緊張が解け、エリンの頬にえくぼができた。「昨夜のあとではあまり無垢という感じはしないけれど、あなたの手で堕落させられるのはすごく楽しかったわ」すばらしいセックスは、二人の結婚にとって絶好のスタートになるはずだ。いつか彼の胸にも、わたしへの愛が芽生えるかもしれない。

ふいにコルテスの目の金色の斑点がきらめいた。「これから参列者の前に立つというときに、そんなことを言うとは。みんながぼくの欲望のあかしの大きさに気づかないよう祈らなくてはならないじゃないか。今夜はたっぷりお仕置きだな」

ささやくような警告の言葉を聞き、エリンの背筋を期待の震えが走り抜けた。

「楽しみにしているわ」彼女はささやき、彼のエスコートで式場に向かった。

その日は、思いがけなく喜びに満ちた一日となった。誓いの言葉を述べるエリンの声は少し震え、コルテスの声は妙に熱がこもっていて、目にも同じ熱が宿っていた。誓いの言葉のあとで、式の執行人が花嫁へのキスを促した。

ジャスミン邸で開かれた結婚披露の昼食会で、みんなの注目を集めたのはハリーだった。ニコラスとテレサを含む二十人ほどが出席したが、サンチャの姿はなかった。エリンの幸せにわずかに影を落としていたのは、兄のジャレクがいないことだった。式に出てほしいとエリンがいくら頼んでも、ジャレクは日本支社での仕事が忙しくて時間がとれないと言って、頑として譲らなかった。

エリンは、兄との距離がどんどん広がっていくようで胸を痛めた。ラルフ・ソーンダーソンの実子に対して兄が苦々しい感情を持っているのはわかっていたので、コルテスと結婚する妹を裏切り者だと見なしているのではないかと心配だった。最後の電話のときには、酔っぱらっているような気配が感じられ、エリンは過去に取りつかれた兄の心が、深い闇のなかに沈んでいるのではないかと不安に駆られた。

しかし、コルテスが誇らしげに息子を披露しているのを見て、エリンは心配事をひとまず心の奥に閉じこめた。出産後にひどい出血に見舞われたときにエリンがいちばん恐れたのは、自分が死んだら赤ん坊が養護施設に送られることだった。いまハリーにはちゃんと父親がいる。コルテスはラルフ・ソーンダーソンより百万倍もいい父親だ。

ハリーの将来は保証されている。じゃあ、わたしの将来は？ エリンがちらりと夫を見ると、彼もエリンを見つめていた。コルテスの目のきらめきが、二人きりなら彼に抱いてもらえるのにという思いをエリンの胸にかきたてた。彼の腕のなかにいれば、これが便宜的な結婚であることを忘れていられる。そして、わたしがコルテスを深く愛しているように、彼もわたしを愛していると思いこむことができる。

彼を愛していることを、いまやっとエリンは素直に認められるようになっていた。

昼食会が終わると、コルテスはエリンとハリーと乳母を車に乗せて空港に向かった。空港には、彼のプライベートジェットが待っていた。

「飛行機に乗ると教えてくれれば、着替えたのに」エリンは文句を言った。人の多い空港ターミナルをウエディングドレス姿で歩くのは、なんとも気恥ずかしかった。

「一日中ぼくは美しい花嫁のドレスを脱がせることを夢想していたんだ。目的地に着くまでもうしばらく我慢してくれ」

コルテスは目的地がどこなのか教えてくれなかったが、夕方近く西サセックス州の小さな空港に着陸すると、エリンは期待と不安の入り混じった視線を彼に向けた。「もしかしてカックメア館に行くの？　あなたはあの屋敷が嫌いじゃなかった？　醜いゴシック建築の怪物って言ったでしょう」

「再評価してみたいんだ。きみのためにね。きみがどんなにあそこを愛してるかはわかっている」コルテスは肩をすくめた。「カックメア館を嫌いだったのは、ラルフがぼくの母親を拒絶した事実を象徴するものだからだと思う。だが、ハリーはラルフの孫だ。ぼくには、地所を管理し、銀行で充分にリーダーシップを発揮して、いつかすべてをハリーに引き渡す責任がある。ああ、それで思い出したが、ハリーの出生証明書の再登録を頼む。父親の欄にぼくの名前を書きこめるように」

幼い相続人は、カックメア館を見ても感動した様子は見せなかった。すっかりおなかをすかせていたようで、大声で泣きながら、乳母に抱かれて子供部屋に向かった。

エリンは懐かしい部屋を見てまわったが、どの部屋もコルテスの依頼したインテリアデザイナーの手できれいに改装されていた。

「ぼくはスペインのエルナンデス銀行の頭取を辞めることにした。それと、フェリペ＆コルテス社のほうも支配人を新たに雇い、ぼくはソーンダーソン銀行の経営に専念することにした。今後はカックメア館とジャスミン邸を行き来して暮らすことになる。ハリーが学校に上がる年齢になったら、イギリスとスペインのどちらに住むか決めよう」

家政婦が庭を見渡せる温室に軽い夕食を用意し、執事のペインズがソーンダーソン・ワイナリーの極上のスパークリングワインをテーブルに置いて退出すると、二人きりになった。

「ただいま」エリンは静かに言った。「カックメア館は、わたしにとっては安全の象徴なの。ここに来る前は、養護施設が爆撃を受けたときの恐怖を忘れられなかった。でも、少なくともわたしには兄がいてくれた」

　そこで彼女はため息をついた。

「兄は過去のことを話したがらないの。サラエボが攻撃を受けたときのことを、兄が話せるようになってくれたらいいなと思う。一度少しだけもらしたことがあるの。ボスニア兵のところに食料を運んでお金をもらい、そのお金で廃墟になった施設で暮らしていた孤児たちのために食べ物を買っていたって。子供のころの記憶のせいで、兄はずっと悪夢にうなされていた。いまは養母が亡くなったときの記憶にも悩まされているみたい」

「ローナ・ソーンダーソンはなぜ亡くなったんだ？」

「拳銃を持って宝石店に押し入った強盗に撃たれたの」あの絶望の日の記憶がどっとよみがえり、エリンの声が震えた。「ジャレクとわたしは母に誕生日の贈りものをしようと、店に連れていったの。強盗は法廷で、撃つ意図はなかったけれど、興奮状態でわけがわからなくなったと言ったわ。飛び出した銃弾で、母は即死した。兄は母を救えなかったことで自分を責めた。何もできるはずなかったのに、どうしてもそれを認められずにいるの」

　エリンは唇を噛んだ。どの程度までなら、コルテスに話しても兄を裏切ったことにならないだろう？

「その事件のあと、兄はひどく苦しんで、一時期は酒に溺れ、カジノやナイトクラブに入りびたっていたわ。兄とラルフはそれまでもあまりうまくいってなかったけれど、そのことで二人の関係はますます悪化して……。わたしは手のつけられない遊び好きの女になったふりをしてパパラッチの注意を自分に引きつけ、兄を守ろうとした。ラルフが兄を解雇するんじゃないかと気が気でなかったの」

エリンはワインを一口飲んだ。とたんに、養母がこれを飲むことはないのだという思いが湧き、悲しみに胸をつかれた。驚いたことに、彼が腕を伸ばしてエリンの手を握った。

「きみがローナを恋しく思っているのはよくわかる。ぼくも母が死んだあと、悲しみが大きすぎて頭が変になりそうだった」

エリンは驚いた。「あなたが感情をコントロールできなくなるなんて想像できないわ」

「一度だけだ。そして、そのときに大きな代償を払った」

ふいにコルテスの声が険を帯びた。言うつもりのないことを口走ったとでもいうように。

彼はグラスを口に運んだ。「すばらしいワインだな」明らかに話題を変えようとする口ぶりだった。「この結婚できみはラルフの遺言の条件を満たし、ワイナリーの所有権を半分手に入れた。今後の経営プランを聞かせてくれないか?」

「そうね、あと四、五ヘクタール、葡萄畑を広げたいと思っているの」エリンはぱっと立ち上がって温室のドアに向かった。「一緒に来て。わたしの考えていることを教えてあげる。あら、どうかした?」おもしろそうな表情を浮かべたコルテスに尋ねる。

「ウエディングドレスを着て葡萄畑を視察する経営者はあまりいないだろうな」

「着替えてきてもいいけれど、あなたはあとでこのドレスを脱がせるのを楽しみにしているんでしょう?」

　コルテスの目が意味ありげにきらりと光った。「あまり長くは待てないぞ。試してみたいことがあるんだ。一つは……」彼はエリンの耳に口を近づけ、その試してみたいことをささやいた。

　庭に出たときも、まだエリンの頬はピンクに染まっていた。養母を手伝って葡萄を植えた白亜質の土壌を持つ丘陵地帯に向かう。葡萄は緑の葉に覆われ、果実の房がついていた。葡萄の実は夏に向かってどんどん大きくなり、九月には収穫の時を迎える。

　いまは五月の終わり、数週間後には夏至になる。日が長くなり、夕闇の訪れも遅い。サンザシの茂みに咲く白い花が、薄闇のなかに星のごとく浮かび、その香りと野生のスイカズラの甘い香りが混じり合う。空気は柔らかかく穏やかで、聞こえるのは丘陵地帯の草を食む羊の鳴き声と、葡萄園の未来を語るエリンの声だけだった。

彼女は靴を脱ぎ、柔らかな草の感触を楽しみながらコルテスと一緒に葡萄園を歩いた。コルテスは熱心に彼女のアイデアに耳を傾け、ときに質問したり、思いついたことを口にしたりした。やがてエリンの息が切れて言葉が途切れると、彼はほほ笑んだ。

「事業を大きくしたいというきみの熱意には感動したよ。一緒にやろう」

「かなり大きな投資が必要になるわ」慎重にエリンは言った。「これはわたしの夢なの、コルテス。ソーンダーソン・ワイナリーをイギリスでも有数のワイナリーに育ててあげること。あなたはできると思う？」

「ぼくはきみを信じている。きみの葡萄栽培に関する幅広い知識と情熱、そして決意があれば、失敗するはずがない」

イギリスの変わりやすい天候のもとでの葡萄栽培は、暖かくて乾燥した南スペインのほぼ理想に近い環境下での栽培と違い、成功する保証はない。エリンはそのことを指摘したかったが、コルテスから向けられた信頼の大きさにすっかり圧倒されていた。養母が亡くなったあとラルフはワイナリーへの関心を失ってしまい、事業を拡大するというエリンの提案に耳を傾けようとはしなかった。

彼女は畝の途中で足を止め、コルテスのほうを振り向いた。「あなたとの共同経営だなんて、すてきだわ。でも、あなたは出資だけして実務には口を出さないつもり？　それとも、積極的に関わるの？」

コルテスの朗らかな笑い声がエリンの体にまつわりつき、下腹部に欲望の渦を巻き起こす。彼は長い髪の下に手を滑りこませて彼女を引き寄せた。「ぼくとしては、積極的に関与していくつもりだ」彼の温かな息がエリンの唇にかかり、貪るようなキスが彼女の心身を溶かしていく。「当然、きみからのいかなる提案も歓迎する」

「こういう種類の提案はどう？」エリンはささやき、彼の口に舌を滑りこませた。

「まさに望むところだ」コルテスの声からからかうような調子が消え、欲望が色濃くにじんだ。エリンが彼の胸に両手を当てると、心臓がすさまじい勢いで打っているのがわかった。その手で探索を続け、ズボンのふくらみを指でなぞるや、彼がうめき声をもらした。

自分がコルテスにそんな影響を与えることができると思うと、エリンはぞくぞくするような興奮を覚えた。彼女は大胆にもファスナーを下げた。すると、コルテスはスペイン語で何かつぶやいたが、彼女を止めはしなかった。エリンは彼の欲望のあかしを解放して手のひらで包みこんだ。ベルベットに包まれた鋼。力強いけれど繊細な感触。エリンが手に力を込めると、さらに硬度が増し、彼の体が震えた。

いったん結婚してしまえばコルテスはわたしを軽んじるようになるのではないか、とエリンは危惧していた。だが、実際は逆だった。愛する故郷に連れて帰ってくれ、名実共にパートナーとして事業をやっていこうと言ってくれた。今度は彼女が、すべての分野において対等なパートナーになりたいと思っていることを証明する番だった。エリンは彼の前に膝をついた。彼への愛を言葉で告げる勇気はないが、行為で示すことはできる。

これが夢なら、コルテスは永遠に目を覚ましたくなかった。夜空に昇った月が、彼の前に膝をついて頬を寄せるエリンの顔に銀色の光を投げかけている。背中に流れ落ちる長い金髪は、シルクさながらだ。コルテスの究極の夢を、いまエリンがかなえようとしてくれている。信じられない思いだった。月光でほのかに透けて見える白いドレス姿のエリンは、これまで彼が見たどんな夢よりも魅惑的だった。

エリンの舌の先を感じたとき、コルテスは思わずのけぞった。あまりの衝撃の大きさに、心臓が飛び出しそうだった。ああ、きっとこれは夢だ。絶頂に到達する前に目覚めるくらいなら、死んだほうがましだ。

「エリン」彼はうめくように言った。もう一度彼女の舌を感じたかった。コルテスはごくりと喉を鳴らし、支配権を取り戻せと自分に命じた。アランドラと決別して以来、彼はけっして女性に主導権を渡さないと決めていた。

だが、いまの彼はエリンの思うがままだった。

彼女の唇が離れ、コルテスはほっとするべきか落胆するべきかわからなかった。彼の前でひざまずいているエリンはまさに天使だ。

その温かなほほ笑みが、この狂気の時間を終わりにしようという彼の決意を粉々に砕いた。

再び彼女の唇が近づき、金色のベールのように彼女の髪が流れ落ちる。

彼の理性は砕ける寸前だった。だがコルテスが肉体的な快感以上に感動していたのは、彼を喜ばせようとするエリンの一途(いちず)さだった。息子の監護権を得るために、ぼくは彼女を半ば脅して結婚を承諾させたのに。

この結婚が真のパートナーシップに発展することをコルテスは願った。そして、いまの彼の望みは妻を抱くことだけだった。

星と銀色の月が輝く葡萄畑で、コルテスは思う存分エリンの唇を貪りながら、これが夢なら覚めないでほしいと願った。ずっと思い描いていたとおりに、白いシルクのウエディングドレスを脱がせてほっそりした体をあらわにする。薄いレースのランジェリーを取り去ると、小さめだが完璧な形の胸が現れた。

　コルテスは露で湿った草の上に仰向けになり、彼女を引き寄せた。欲望のしるしの上にエリンの体をそっと下ろしていく。そして彼女の頭を両手で包みこみ、薔薇色の胸の先にキスをした。銀色の月明かりを浴びた色白のニンフ。この世のものとは思えないほど美しい。一緒に星空へと舞い上がりながら、きっとこの夢は永遠に続くとコルテスは信じた。夢ははかないものと知っていたはずなのに。

　現実が彼をとらえたのは四週間後だった。それは日本で発生した大地震から始まった。

11

「これはまだ新婚旅行の続きなの？　それとも、もう日常に戻ったの？」結婚四週目も半ばの朝、エリンはコルテスにきいた。

　コルテスはトレイをサイドテーブルに置き、ベッドに腰かけて妻にキスをした。長いキスのあと、ようやくコルテスは顔を上げた。

「何か違いがあるか？」

　コーヒーポットから、いれたてのコーヒーの香りが漂ってくる。エリンはトレイから淡いピンクの薔薇(ばら)を取り、魅惑的な香りを吸いこんだ。「ここに来てから、あなたは毎朝、庭の薔薇を摘んできてくれる。わたし、結婚生活が好きになったみたい」

コルテスとの結婚生活はすばらしかった。毎朝、薔薇を持ってくるのは、エリンを甘やかすさまざまな行為のなかの一つにすぎない。二人の関係は不安定なスタートを切ったが、この四週間はエリンにとって人生で最高に幸せな日々だった。子供に両親のそろった家庭を与えるための偽装結婚だとは、とても思えなかった。

結婚の動機などどうでもいいのかもしれない、とエリンは思った。二人の親密さは日を追うごとに増していく気がした。コルテスとハリーと家族三人で過ごすのは好きだが、二人きりで過ごす時間も大好きだった。葡萄園(ぶどうえん)やワイナリーで働き、夕食を食べながらおしゃべりに興じ、ベッドに入る前にのんびり映画を見る。どれも楽しいが、とりわけエリンが好きなのは、ベッドで彼と過ごす時間だった。二人きりの情熱の世界に没頭して過ごす時間。二人の情熱は激しくなるばかりだった。

「結婚していちばんよかったときみが思うことはなんだ？」コルテスが溶けたチョコレートのように甘い声できいた。

エリンは両手で彼の顔を挟み、してみたいと思う行為のあれこれを彼の耳にささやいた。

「きみは悪い子だな、セニョーラ・ラモス。そのホイップクリームのアイデアは、ぼくが家に帰るまで忘れないでいてくれ」

彼女はそのとき初めて、夫がいつものジーンズとポロシャツではなく、スーツを着ていることに気づいた。

「たまには仕事に行かなくてはならないときもある」顔をしかめたエリンに、コルテスはキスをした。「週末までロンドンに滞在する。これまでももっとソーンダーソン銀行の仕事に精を出すべきだったんだが、きみに気を散らされてしまっていた。幸い銀行には優秀な人材がそろっているが、最高業務執行責任者のアンドルー・ファウラーから今朝早く電話が入り、ロンドン本社で緊急会議を開きたいと言ってきた」

「何か問題が起きたの？」

「アンドルーは詳しくは話さなかった」今度はコルテスが顔をしかめる番だった。「きみの兄さんがまた無断欠勤しているらしいんだ。最近何か連絡はなかったか？」

エリンは首を横に振った。「結婚式の少し前から音信不通なの」彼女は無意識に下唇を噛んだ。「兄がこんなに長く連絡してこないなんて、普通じゃない。電話にもメールにも全然返事がないの。心配だわ」

「大丈夫」コルテスが淡々と言った。「きみの兄さんは無事だよ、きっと」

彼は片手でエリンの顎を持ち上げた。そして鼻先に軽くキスをしてから、携帯電話を出した。

「まだ新婚旅行中かどうかというきみの問いに対する答えはイエスだ。これからの二週間はここで過ごす」液晶画面に映っているのは、フランスの葡萄園だった。「シャトー・ジローは、フランスのドルドーニュ地方に評判のいい葡萄園とワイナリーを持っている。そのあたりにある古いワインの地下貯蔵庫を見てまわれるし、温泉があるからハリーの初泳ぎにはもってこいの場所だと思う」

コルテスは立ち上がって化粧台に近づいた。

「実はアンドルー・ファウラーから電話が入る前に、いくつか会議の予定を入れていたんだ。ロンドンに行くのがわかっていたから、新しい名前でハリーのパスポートを作ってもらえるよう手配しておいた」彼は取り出した出生証明書に目をやって顔をしかめた。「きみは、ハリーの父親の欄にぼくの名前を登録するように届けを出すと言っていたはずだ。なのに、まだ以前のままだ」

エリンは上半身を起こして髪の毛をかき上げた。コルテスのなじるような口調に、彼女は罪悪感を覚えた。「うっかりしていたわ。必要書類をダウンロードして戸籍役場に提出するつもりだったのに、すっかり忘れてしまって」

「本当に理由はそれだけか?」コルテスの厳しい視線を浴びて、エリンはいたずらを叱られている子供のような気分になった。「もちろんよ。ほかにどんな理由があるというの?」

彼の黒い目がエリンの心を突き刺した。その目に温かみを添える金色の斑点が消え、とても冷たく見える。

「法的にハリーの父親として認められることが、ぼくにとってどんなに重要な意味を持つか、きみはわかっているはずだ。だが、出生証明書にぼくの名前がないほうが、きみには好都合なのかもしれないな」

「人間なんだから、忘れることだってあるわ」コルテスの険しい口調にむっとして、エリンは言い返した。けれど、彼の言い分にも一理あると気づいて落ち着かない気分になった。無意識のうちに証明書の書き換えをためらっていた可能性もある。いまのままにしておけば、たとえこの結婚が失敗に終わっても、息子の監護権は自動的に彼女のものになるのだから。

エリンはコルテスが庭から摘んできてくれた薔薇に目をやった。罪悪感が募る。

「今日のうちにちゃんと登録しておくわ」

彼はうなずき、ほほ笑んだものの、その目にはまだかすかに警戒の色が浮かんでいた。

エリンがベッドに膝をつき、キスをしようと彼の肩に手を置くと、彼の緊張が伝わってきた。この結婚がひどく危ういものだということを、あらためて思い知らされた気がした。

彼の車が走り去る音を聞くや、恋しさがこみ上げた。必要なのは互いへの信頼だ。結婚式以来、自分は信頼できる人間だとコルテスは行動で示してくれた。

結婚してから初めての言い争い――その原因が自分だったことで、エリンはなんとも憂鬱な気分になった。埋め合わせをしようと心に決め、ハリーが昼寝を始めると、書斎のコンピューターでオンラインフォームに必要事項を書きこみ、手続きのために地元の戸籍役場の予約を取った。

そのとき携帯電話が鳴り、流れ出した兄の声を聞いて、エリンはほっとした。「結婚式に来てくれなかったから、何度も連絡しようとしたのよ。いまどこにいるの？ コルテスから、兄さんがここ数日、日本のオフィスに出勤していないと聞いたわ」

「いまはロンドンにいる。エリン……」ジャレクの声には緊張が感じられた。「日本で起きた地震のことを聞いたか？」

「なんですって？ 今日はまだニュースを全然見ていないの。兄さんは大丈夫なの？」

「ぼくは大丈夫だ。実は二日前にロンドンに戻っていたから、地震には遭っていない。少なくとも身体的にはね」

兄の口調の何かがエリンを不安にさせた。

「どういう意味？」

「いまはまだ話せない。コルテスはそこにいるか？　彼と話す必要がある」

「今朝ロンドンのソーンダーソン銀行に行ったわ。緊急会議を開くことになったと言って。兄さん、いったい何があったの？　何かトラブルに巻きこまれたの？」

「まあ、そういう言い方もできる」兄の声は陰鬱だった。

「いまは話せないって、どういうこと？　わたしたちはいつだって信頼し合ってきたじゃない」コルテスとの結婚で兄とのあいだに深い溝ができたのだと気づき、エリンは悲しくなった。サラエボにいたころは、何度も命がけでわたしを守ってくれたのに……。エリンは兄に深い恩義を感じていた。

「おまえにはどうすることもできないんだよ、お嬢ちゃん」子供のころジャレクはよくエリンにそう呼びかけていた。その懐かしい言葉がエリンの胸を打った。

「どんな問題だろうと、わたしは兄さんの力になるわ」エリンは必死に言った。「いまロンドンのペントハウスにいるのね？　すぐ行くわ」乳母はいま親戚の家に行っていて留守だ。「ハリーも連れていく。ロンドンで会いましょう。コルテスは二、三日ロンドンに滞在することになっているし、兄さんと話したことを彼に報告する必要はないと思う」

ふと背後で物音がして、エリンは振り向いた。ドア口に立っているコルテスを見て、心臓が止まりそうになる。兄と話していると気づかれたかしら？「もう行かなくちゃ」

エリンはそう言って電話を切った。

「こんなに早く戻るとは思っていなかったわ」彼女はほほ笑んだが、コルテスの顔には読み取りがたい表情が浮かんでいた。

「そうらしいな」彼は書斎に足を踏み入れてドアを閉めた。「ジャレクと話していたんだろう？」

「あの……ええ、そうよ」否定してもなんの意味もなさそうだ。

コルテスの唇が皮肉っぽくゆがんだ。「何週間も連絡がないと言っていたきみの兄さんが、ぼくがカックメア館を離れたとたんに電話をしてくるなんて、ずいぶん妙な話だ」彼のこめかみが引きつる。「ハリーを連れてジャレクに会いに行くと言っていたな」

怒りに目をぎらつかせてコルテスが近づいてきたので、思わずエリンは後ずさった。

「命にかけても、ぼくの息子は連れていかせない」

「そんなつもりは――」

コルテスは苦々しげな笑いで彼女の言葉を遮った。「こんなときでさえ、きみはまるで天使のように無垢に見える。きみを信じたいと思うなんて、ぼくがばかだったんだ。教えてくれ、いとしい人（ケリーダ）」その愛の言葉は、まるで呪いのように聞こえた。「きみはジャレクの国外逃亡を助けようとしていたのか？　三人で、ぼくに見つからないところに消えてしまうつもりだったのか？　きみがハリーの出生証明書もパスポートも書き換えなかった理由が、これではっきりしたな」

「忘れていただけだと言ったでしょう」

コルテスは彼女の言葉を無視した。「ぼくは日本の大地震のニュースを聞いて、急いで戻ってきたんだ。きっときみが心配するだろうと思って。だが、彼がイギリスに戻ったことを、もうきみは知っているらしい。彼が日本支店で何をしたかも知っているんだろう」

「いったいなんの話？」エリンの背中がデスクにぶつかった。横に逃げようとすると、コルテスに手首をつかまれた。「痛いわ！　なぜ兄さんが逃亡する必要があるの？」

「おい！（ディオス）　知らないふりをするのはやめろ」コルテスが怒りを爆発させた。「きみは全面的にジャレクから信頼されている。彼が変則的な投資を繰り返していたことに気づいていたはずだ。違法なことは何一つしていないが、日本市場の動向を見越して思惑買いができる立場を利用し、銀行のファンドに許容範囲を超えたリスクを与えていたんだ」

コルテスは額から髪をかき上げ、エリンを

にらみつけた。

「数カ月前からジャレクのヘッジなしの損失がふくらみ始めていたが、日本で大地震が起きなければ、彼はまだずるずるとギャンブルを続けていたかもしれない。アジア金融市場は悲劇的な影響を被り、セーフガードが発令されて東京株式市場は一時閉鎖された。ジャレクが投資した企業の株価が急落し、これまでのところソーンダーソン銀行の損失は、およそ一億ポンドにのぼる。状況によってはこの数日のあいだにもっと悪くなるかもしれない」

エリンは喉をごくりと鳴らした。電話の兄の声が緊張していたのも無理はない。

「ぼくがもっと銀行の仕事に関わっていれば、ジャレクの毎日の取引報告におかしなところがあると気づいていたかもしれない。だが、きみがうまくぼくの関心をこのカックメア館に引き止めた」コルテスの口調は苦々しく、これ以上触れているのは耐えられないとばかりに、エリンの手首を放す。「きみは女の武器を使って、きみの兄さんがやっていることからぼくの気をそらしたんだ」

コルテスが大まじめに言っていると気づいて、エリンは吐き気を覚えた。「わたしは女の武器なんか持っていないわ」

コルテスの冷たい笑い声がエリンの胸を切り裂いた。「きみはぼくの前にひざまずき、とてつもなく甘美な喜びを与えてくれた。だから、ぼくは……」彼は言葉を切り、蔑みの目でエリンをにらんだ。彼女の頬を伝う涙を見ても、彼の石のように冷たい顔にはなんの感情も表れなかった。

「誓って、わたしは兄が何をしているか知らなかったし、何か目的があってあんなことをしたわけでもない。わたしにそんなことができるなんて、どうして思えるの?」

エリンの喉がつまった。コルテスの非難に呆然（ぼうぜん）とし、兄のしたことに恐怖を覚えた。だが、彼女はただ激しく傷ついただけでなく、同じくらい激しく怒っていた。

「結局ぐるっと一周しただけのようね」エリンは苦々しげに言った。「ラルフの葬儀の日、あなたはハリーがあなたの子だということを信じなかった。そして、なんの証拠もないのに、わたしをドラッグ常習者だと決めつけた。今度こそあなたの信頼を得られたと思ったのに、やっぱりあなたはわたしのことを悪いようにしか考えない。あなたが言うジャレクの危険な取り引きについては、わたしは何も知らなかったと繰り返すしかないわ」

「ハリーを連れてジャレクに会いに行くつもりはなかったと?」

「いいえ……それは否定しないわ。兄に何があったのか知りたかったの。バーバラが休暇中だからハリーも連れていくつもりだったけれど、ちゃんとここに戻ってきたはずよ。もうハリーの出生証明書を書き換えるための申請書もメールで提出した。信じられないなら、わたしのメールボックスをチェックすればいい」エリンはコンピューターを指差した。

だが、コルテスは踵を返してドアに向かった。「嘘で固めたかわいい頭から出る言葉など、一言も信じられない」残酷に言い放つ。「もう何年も前、ぼくは嘘ばかりつく女にぼくの子供を産むことを拒絶された。そのとき二度と女は信じないと誓ったんだ。危うく誓いを破るところだったよ、エリン。だが、もうそんなばかなまねはしない」

エリンは彼の告白に驚き、しばらく呆然としていた。ドアの閉まる音に気づいて、やっと彼女が外に走り出たときには、もうコルテスは車に乗りこんでいた。「どこへ行くつもり?」

「きみの兄さんの件を処理しに行く。ハリーを連れて逃げようだなんて考えるなよ。ぼくは必ず見つけ出す。そのときになって後悔しても遅いぞ」

エンジン音が鳴り響き、車がゆっくり動き始めると、エリンは開いた窓にしがみついて走りだした。「兄が何をしたかは知らないけれど、きっと何か理由があるはずよ。母が死んでから兄はずっと精神状態が不安定だった。それをあなたに話すべきだったことは認めるわ……」車に遅れまいと走っているせいで、息が切れる。「なぜわたしが兄と逃げ出す計画なんか立てるの？　あなたは、わたしの望むすべてをくれたのに」

「ぼくは子供の監護権を奪うと脅し、きみに結婚を強要した」

彼の声のうつろな響きに、エリンの胸が痛んだ。「わたしには強要された記憶なんてないわ。わたしが自分で決めたの。ハリーのためでも、相続権を手に入れるためでもなくて……」

門に近づいたところで、エリンの手が車の窓から離れた。

「ほかにどんな理由がある？」

正直に答えるしか道はなかった。でも、遅すぎるかもしれない。「あなたを愛しているからよ」

ふいに車が停止した。コルテスは長いあいだじっとエリンを見つめてから、ありえないというように唇をゆがめた。「これまでで最大の嘘だな」

そう言い捨てて彼がアクセルを踏みこむと、車はタイヤをきしませて走り去った。

ロンドンに向かう道路が混んでいることが、コルテスにはありがたかった。運転だけに集中しエリンのことを考えずにすむからだ。ソーンダーソン銀行ロンドン本店の前には、取材陣が押し寄せていた。巨額の損失と銀行の将来に関するニュースがすでにメディアをにぎわせている。コルテスは真実がわずかしか含まれていない声明を発表したが、メディアは真実かどうかなど気にかけてはいなかった。きっと明日の新聞にはセンセーショナルな見出しが躍り、真実にはほど遠い記事が載るだろう。

真実と嘘……。そもそもぼくのエリンに対する評価は、タブロイド紙の記事に影響されたものだった。彼女は記事にあるような利己的で遊び好きの女ではないと何度も証明したが、ぼくは彼女が嘘をついたと非難した。今度もまた、ぼくの思い違いだったとしたら？

コルテスは危機管理のための重役会を開き、株主に向けて、損失を最小限にとどめるための手段はすべて講じたと発表した。だが、銀行業務で最大の危機に瀕しているというのに、彼の頭にあるのはエリンのことと、自分が彼女に浴びせた忌まわしい言葉のことだけだった。彼女がぼくを愛する理由がどこにあるんだ？　あれも嘘に違いない。

ドアが開き、疲れ果てた様子のエリンの兄が姿を現した。コルテスはジャレクを解雇する前に言うべきことを言い、それが終わったら警備員を呼んでソーンダーソン銀行から放りだすつもりだった。だが結局、コルテスは自分の私的な思いを優先させずにはいられなかった。

「エリンに聞いたが、出産後に大出血して集中治療室にいたとき、きみはハリーのそばにずっとついていたそうだな」罪悪感がこみ上げた。妊娠中も出産時も、本当はコルテスがそばにいるべきだったのだ。彼女のことを顧みなかった自分を、彼はどうしても許せなかった。「きみには恩義がある。エリンと息子のそばにいてくれたことに感謝している」

めったに感情を見せないジャレクの淡い青の目に、驚きといくらかの敬意がひらめいた。

「妹はぼくにとってのすべてだ」彼はそっけなく言った。「あいつは、ぼくの起こしたとんでもない騒動とはなんの関係もない。ぼくが危険なことに手を染めていると少しでも気づけば、きっときみに話すようにとぼくを説得しただろう。エリンはこの世でいちばん正直で誠実な人間だ」

それこそが、コルテスの恐れていたことだった。彼はエリンに関する最悪の評価を信じた。そうすれば、彼女には肉体的に引きつけられているだけだと自分自身に言い訳ができるからだ。だが、エリンの兄の言葉は、本当は心の奥底でずっと前からわかっていたことを確信に変えた。自分が臆病者だったと気づいたことで、コルテスはさらなる自己嫌悪を覚えた。彼はエリンの兄をじっと見つめた。

「きみにもう一度チャンスを与える唯一の理

由は、エリンがきみを慕っているからだ。きみは、自分が引き起こした混乱の後始末をどうつけるつもりだ？」

「必ず解決してみせる」ジャレクはいつもの冷静で自信たっぷりの態度で答えた。「損失の最後の一ペニーまで取り戻してみせる」

「これ以上のリスクは冒さずに？」

「それは約束できない」エリンの兄は汚れた長いブロンドの髪を額からかき上げた。「最大限の利益を得ようとすれば、ときにはリスクを冒すことも必要になる」

ぼくの望む利益は一つだけだ……。ふいにコルテスの胸にまばゆい光が差しこんだ。いま彼には、すべてを、心までも危険にさらし、一生の幸せを手に入れるためにリスクを冒す覚悟ができていた。

彼はジャレクがぎょっとしたほどのすばやさで立ち上がった。「ぼくにも解決しなくてはならない問題がある。遅すぎなければいいのだが」

激しい雷雨が襲ってきた。葡萄畑にいたエリンはたちまちずぶ濡れになった。屋敷まで走る気力もなく、彼女は大粒の雨に打たれながらとぼとぼと車寄せの坂をのぼった。

前日の午後、エリンはコルテスの車が去っていくのを見送った。またもや不当な非難を浴びたことが腹立たしく、自分の衣類を主寝室から以前の部屋に戻した。そして、泣いてはだめ、と自らに命じた。あの石のような心を持った男性のために、何度涙を流したことか。もううんざり。けっして愛を返してはくれない人を愛して、もう耐えられないほどの時間を無駄にしてしまった。

けれど、一人でベッドで横になると、毎朝庭の薔薇を持ってきてくれたコルテスの姿が頭に浮かんだ。そしてエリンは心が壊れてしまうのではないかと思うほど泣いた。とはいえ、心はすでに粉々に砕けてしまっていたけれど。

「何もかも夢だったの？」

今朝ハリーをベビーベッドから抱き上げながら、エリンは息子にきいた。ハリーの無垢なほほ笑みが、さらに涙を誘う。この数週間の幸せな結婚生活はわたしの幻想だったのだろうか。コルテスは毎晩情熱的にわたしを抱いたけれど、きっと彼にとっては単なる欲望の処理にすぎなかったのだろう。信頼がなければ、情熱にはなんの意味もない。エリンがずっと憧れていた結婚生活の、残虐なパロディにすぎない。

エリンは屋敷に入ると、着替えのために足早に自室に向かった。子供のころから使っていた部屋に。ところが、驚いたことに、彼女の衣類はすっかり消えていた。愕然としていると、背後から声が聞こえた。

「ぼくがきみの衣類を移した。ぼくたちの寝室に」

さっと振り向くと、コルテスがドア枠にのんびりと寄りかかって立っていた。その姿がエリンを無気力状態から解放した。

「あなたは勝手な行動が多すぎるわ」エリンは冷ややかに言った。いま彼女に残っているのはプライドだけだった。「もうこんなことはいやなの、コルテス」本音だった。なぜなら、彼を愛することは、わたしが壊れてしまうことを意味するから。

そのときコルテスが身を起こし、エリンに歩み寄った。近くに来た彼の険しい表情に、彼女は息をのんだ。この二十四時間、ずっと地獄をさまよい続けていたような顔だ。たちまち、心が揺れた。

「エリン、すまなかった」ぶっきらぼうな口調でコルテスは謝罪の言葉を口にした。

エリンは目を閉じて彼の憔悴（しょうすい）しきった顔を視界から消した。そうしなければ、ばかな期待を抱いてしまいそうだった。

「わたしも謝るわ。こんな無茶な結婚がうまくいくかもしれないと思ったことを」

コルテスがひるんだ。「うまくいくよ。うまくいっていたんだ。ぼくがめちゃめちゃにするまでは」

濡れた衣服の冷たさが骨の髄まで染みこみ、エリンの体が震えた。

「熱いシャワーを浴びたほうがいい」

「あなたが出ていったら、そうするわ」

ふいに彼に抱き上げられ、エリンは悲鳴をもらした。

「わからないのか？　ぼくはどこにも行かないよ、ケリーダ」コルテスは激しい口調で言いながら主寝室に向かい、まっすぐバスルームにエリンを運びこんだ。濡れたＴシャツを脱がせるコルテスに、エリンは抵抗を試みた。だが、彼女の体はコルテスのそばにいるという甘い喜びに震え、ジーンズを脱がせる彼に逆らうだけの意志の強さは残っていなかった。胸の先が硬くとがり、エリンは彼を正視できない。彼の険しい顔には嘲笑が浮かんでいるに違いないと思ったのだ。

「ぼくがきみを愛していることに、なぜきみは気づかないんだ？」感情のこもった震える声で、コルテスが言った。

エリンははっとして彼の顔に目をやった。その熱のこもった表情を見たとき、エリンは胸が高鳴るのを感じた。

でも、信じるのが怖い。

「からかうのはやめて」涙があふれる。エリンはそれが悔しかった。「あなたはわたしを置いて出ていった」彼の親指がエリンの頬を伝う涙を優しく、本当に優しく拭った。

「ああ、エリン、ぼくの愛する人（ミ・アモール）」かすれた声で彼は言った。「ぼくがきみを崇拝していることに、なぜきみは気づかないんだ、ぼくの天使、ぼくの心（ミ・コラソン）？　きみを抱くたびに、ぼくは愛を告げていたのに。キスも愛撫（あいぶ）も、みんなきみへの賛美を語っていたのに」

エリンはかぶりを振った。「それはセックスだけの話でしょう」声がかすれる。「あなたはわたしを信頼していないんですもの」

「ぼくは命あるかぎりきみを信じる」コルテスはシャワーを出して彼女をその下に立たせてから、自らも服を脱いだ。エリンは片手を突き出して彼を遠ざけようとしたものの、結局は彼に抵抗することはできなかった。ぴたりと抱き寄せられ、二人の鼓動が混じり合う。

「教えてくれ、ぼくの天使。これはセックスか、それとも愛か？」コルテスはエリンの唇、喉、胸とキスをしてから、膝をついて彼女の片脚を自分の肩にかけ、いちばん親密な部分に唇を押しつけた。彼の舌が動くたび、エリンの体を快感が走り抜ける。

すぐさま激しい絶頂感に襲われ、崩れ落ちそうになったエリンを、コルテスはしっかり支えた。それからエリンの体のすみずみまで洗った。柔らかなタオルで拭いたあとで彼女を抱き上げ、寝室に戻る。とてつもなく大切な宝物でも扱うようにベッドに寝かされると、エリンは彼の腰に手を伸ばした。酸素と同じように、彼が必要だった。

けれど、彼はエリンの手を取り、安心させ

るかのように優しくキスをした。

「母は、妊娠してすぐにぼくの父に捨てられたつらさを最後まで克服できなかった」コルテスは悲しげに言った。「子供のころからぼくは、人を信じるのは愚か者だけだと思って生きてきた。頭に血ののぼりやすい十代のころは、母の悪口を言う連中をしょっちゅう痛めつけた。相手を病院送りにしてしまったことさえある。もし相手が死んでいたら、ぼくは一生刑務所暮らしだったかもしれない。幸いそいつは回復したが、ぼくは母と自分のためによりよい生活を確立したいなら、感情を抑え、頭脳を使うべきだと学習したんだ」

コルテスはベッドに横たわってエリンを抱きしめ、彼女の頬を肩にのせた。

「母はぼくが大学を卒業した年に亡くなり、ぼくはマドリードに移ってエルナンデス銀行で働き始めた。当時のぼくはまだ若くて愚直だった」彼は肩をすくめた。「ぼくを愛してくれた唯一の人を失ったことをまだ嘆き悲しんでいた。そして、ぼくはアランドラに夢中になった」

エリンがもぞもぞと動くと、彼はそっと彼女の髪を撫でた。

「アランドラが妊娠したとわかったとき、ぼくは彼女との結婚を望んだ。けれど、彼女は自分にはぼくよりずっと金持ちの婚約者がいると言った。だが、必死に説き伏せて、やっと彼女に出産と結婚を承諾してもらった」コルテスの顔がゆがむ。「彼女は実家にそのことを報告しに行くと言った。その三日後、彼女はトロントから電話をかけてきた。ビザが下りたので、中絶手術を受けてトロントの婚約者のもとに来ている、と」

「まあ、コルテス……」エリンは驚きの声をもらした。「わたしがハリーを連れてジャスミン邸を出ようとしたとき、あなたがあんなに怒ったのも当然ね。あのときわたしは本当に家に戻ろうとしていたのよ。あなたがハリーを愛しているとわかっていたから、二人を引き離すことはできないと思ったの」

「ぼくは、きみへの怒り以上に、自分自身に腹を立てていたんだ。ぼくは本当にきみにひどいことをした。弁解するわけではないが、実はきみに会う一カ月前、アランドラがぼくのオフィスに現れたんだ。十年ぶりの再会だった。彼女が結婚した男は、期待していたほどの財産を持っていなかったそうだ。一方、ぼくは多大な財産を築いていた。夫と別れたからやり直しましょう、と彼女は言った。ぼくがどうしても父親になりたいなら、子供を産んでもいいとさえ言った。もちろんぼくは拒絶したよ。だが、あんな女に夢中になった自分の愚かさをあらためて思い知らされたんだ。そして、二度と女には心を許さないと誓った」

彼はエリンの顎に指をかけて自分のほうを向かせた。

「アランドラのことがあって、ぼくは二度と簡単には人を信用するまいと決意した。ところが、きみを一目見て、ぼくはひどく当惑した。恋をしたくなかったんだ」コルテスは心の内をさらけ出した。「タブロイド紙の記事を鵜呑(うの)みにして、きみはぼくが感じているような清純な女性ではないと思いこむほうが、ぼくには都合がよかった」

コルテスは彼女に覆いかぶさり、その目をじっとのぞきこんだ。彼の目にきらめく豊かな感情と愛に気づいて、エリンははっと息をのんだ。

「ハリーがぼくの息子だとわかったとき、ぼくはきみを見捨てたことを思い出して罪悪感に駆られた。ラルフ・ソーンダーソンがぼくの母にしたことと同じことをしてしまったのだから。きみがどうしてぼくを許せたのか、ましてなぜぼくを愛してくれるのか、見当もつかなかった」

この瞬間、ひどく複雑で希望のないものに見えていた事態が、実はとてつもなくシンプルなことだったと、エリンは悟った。あまりに簡単すぎて、なぜこんなに長いあいだわからなかったのか、不思議に思えるほどだった。

一年前のあの出来事――一目惚(ひとめぼ)れという言葉があるが、あれはまさしくそれだった。二人は同時に恋に落ちたのだ。

「許さなくてはならないことなんて、何一つないわ。あなたはハリーにとってすてきな父親よ。あなたがしてくれたことは、何もかもあの子のためだった」

「それは完全な真実とは言えないな。きみを脅すようなまねまでして結婚したのは、ぼくが愛せる女性はきみだけだからだ」彼はごくりと喉を鳴らして言葉を継いだ。「きみはぼくを愛してくれているのか?」

そのどこか気弱な質問に、エリンの愛情がさらに燃え上がった。

「ええ、全身全霊をかけて。これからもずっとあなたを愛し続ける」

エリンはコルテスの不意を突いて彼を仰向けにし、その上にまたがった。彼の目が金色の炎にようにきらめき、エリンを自分の下腹部へと引き寄せた。

「これは愛?　それともセックス?」彼の口元に唇を寄せて、エリンはささやいた。

「ぼくが死を迎えるときに、もう一度きいてくれ。これからの人生を、ぼくは愛と笑いと友情と信頼をきみと分かち合って生きていきたい」

なんて幸せに満ちた未来かしら。エリンは心のなかでそっとつぶやいた。

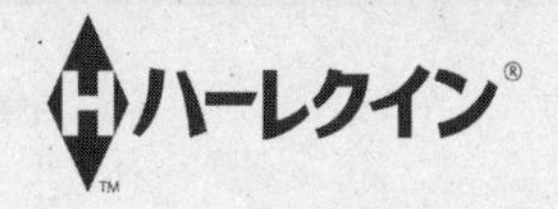

ハーレクイン・ロマンス　2018年3月刊（R-3317）

スペインから来た悪魔

2024年5月20日発行

著　　者	シャンテル・ショー
訳　　者	山本翔子（やまもと　しょうこ）
発 行 人	鈴木幸辰
発 行 所	株式会社ハーパーコリンズ・ジャパン 東京都千代田区大手町 1-5-1 電話 04-2951-2000（注文） 0570-008091（読者サービス係）
印刷・製本	大日本印刷株式会社 東京都新宿区市谷加賀町 1-1-1

ISBN978-4-596-54091-1 C0297

ハーレクイン・シリーズ 5月20日刊 発売中

ハーレクイン・ロマンス
愛の激しさを知る

幼子は秘密の世継ぎ	シャロン・ケンドリック／飯塚あい 訳	R-3873
王子が選んだ十年後の花嫁 《純潔のシンデレラ》	ジャッキー・アシェンデン／柚野木　菫 訳	R-3874
十万ドルの純潔 《伝説の名作選》	ジェニー・ルーカス／中野　恵 訳	R-3875
スペインから来た悪魔 《伝説の名作選》	シャンテル・ショー／山本翔子 訳	R-3876

ハーレクイン・イマージュ
ピュアな思いに満たされる

忘れ形見の名に愛をこめて	ブレンダ・ジャクソン／清水由貴子 訳	I-2803
神様からの処方箋 《至福の名作選》	キャロル・マリネッリ／大田朋子 訳	I-2804

ハーレクイン・マスターピース
世界に愛された作家たち
～永久不滅の銘作コレクション～

ひそやかな賭 《ベティ・ニールズ・コレクション》	ベティ・ニールズ／桃里留加 訳	MP-94

ハーレクイン・プレゼンツ作家シリーズ別冊
魅惑のテーマが光る
極上セレクション

大富豪と淑女	ダイアナ・パーマー／松村和紀子 訳	PB-385

ハーレクイン・スペシャル・アンソロジー
小さな愛のドラマを花束にして…

シンデレラの小さな恋 《スター作家傑作選》	ベティ・ニールズ 他／大島ともこ 他 訳	HPA-58

文庫サイズ作品のご案内

◆ハーレクイン文庫・・・・・・・・・・・・・・毎月1日刊行
◆ハーレクインSP文庫・・・・・・・・・・・毎月15日刊行
◆mirabooks・・・・・・・・・・・・・・・・・毎月15日刊行

※文庫コーナーでお求めください。

5月31日
発売

ハーレクイン・シリーズ 6月5日刊

ハーレクイン・ロマンス

愛の激しさを知る

秘書が薬指についた嘘	マヤ・ブレイク／雪美月志音 訳	R-3877
名もなきシンデレラの秘密 《純潔のシンデレラ》	ケイトリン・クルーズ／児玉みずうみ 訳	R-3878
伯爵家の秘密 《伝説の名作選》	ミシェル・リード／有沢瞳子 訳	R-3879
身代わり花嫁のため息 《伝説の名作選》	メイシー・イエーツ／小河紅美 訳	R-3880

ハーレクイン・イマージュ

ピュアな思いに満たされる

捨てられた妻は記憶を失い	クリスティン・リマー／川合りりこ 訳	I-2805
秘密の愛し子と永遠の約束 《至福の名作選》	スーザン・メイアー／飛川あゆみ 訳	I-2806

ハーレクイン・マスターピース

世界に愛された作家たち
～永久不滅の銘作コレクション～

純愛の城 《特選ペニー・ジョーダン》	ペニー・ジョーダン／霜月　桂 訳	MP-95

ハーレクイン・ヒストリカル・スペシャル

華やかなりし時代へ誘う

悪役公爵より愛をこめて	クリスティン・メリル／富永佐知子 訳	PHS-328
愛を守る者	スザーン・バークレー／平江まゆみ 訳	PHS-329

ハーレクイン・プレゼンツ作家シリーズ別冊

魅惑のテーマが光る
極上セレクション

あなたが気づくまで	アマンダ・ブラウニング／霜月　桂 訳	PB-386

※予告なく発売日・刊行タイトルが変更になる場合がございます。ご了承ください。

今月のハーレクイン文庫

5月刊 好評発売中！

Harlequin 45th Anniversary

帯は1年間"決め台詞"！

珠玉の名作本棚

「三つのお願い」
レベッカ・ウインターズ

苦学生のサマンサは清掃のアルバイト先で、実業家で大富豪のパーシアスと出逢う。彼は失態を演じた彼女に、昼間だけ彼の新妻を演じれば、夢を3つ叶えてやると言い…。

（初版：I-1238）

「無垢な公爵夫人」
シャンテル・ショー

父が職場の銀行で横領を？　赦しを乞いにグレースが頭取の公爵ハビエルを訪ねると、1年間彼の妻になるならという条件を出された。彼女は純潔を捧げる覚悟を決めて…。

（初版：R-2307）

「この恋、絶体絶命！」
ダイアナ・パーマー

12歳年上の上司デインに憧れる秘書のテス。怪我をして彼の家に泊まった夜、純潔を捧げたが、愛ゆえではないと冷たく突き放される。やがて妊娠に気づき…。

（初版：D-513）

「恋に落ちたシチリア」
シャロン・ケンドリック

エマは富豪ヴィンチェンツォと別居後、妊娠に気づき、密かに息子を産み育ててきたが、生活は困窮していた。養育費のため離婚を申し出ると、息子の存在に驚愕した夫は…。

（初版：R-2406）